U0541052

中国古代趣闻录

ANECDOTES ABOUT ANCIENT CHINA

艾公子 著

长江出版社
CHANGJIANG PRESS

韓滉生動無筆墨跡應是神到垂
成立意如列國國兩挺雅燭能
文獲者親嚮道韩若珍

唐代张萱《虢国夫人游春图》（宋人摹本）

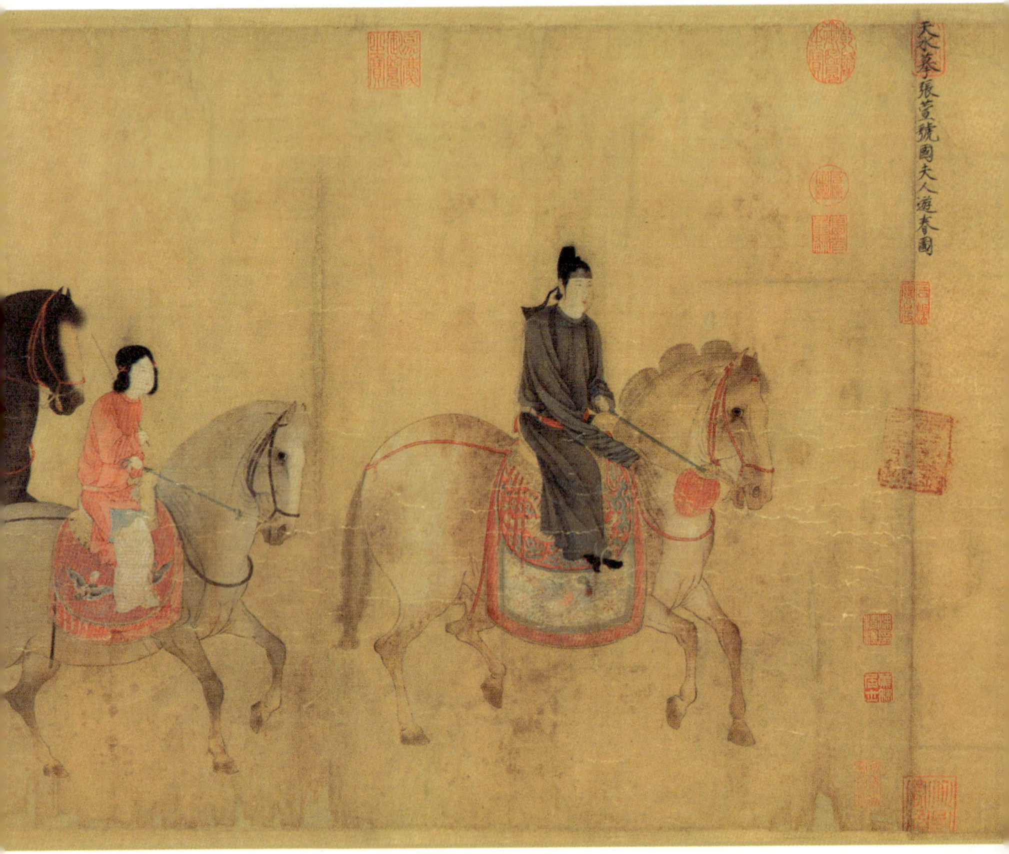
天水摹張萱虢國夫人遊春圖

自序

204年，袁绍死后两年，曹操攻陷了他的大本营——邺城，并放任手下抢夺袁家的女眷。其中最有名的一起强抢案就是曹操的儿子曹丕干的。

据说当时曹丕率先冲进袁府，看到一个少妇蓬头垢面地哭泣，一问才知道是袁绍的儿媳甄氏。曹丕遂帮她绾起发髻，擦拭脸庞，随后就被这个美艳绝伦的少妇深深吸引住了。

曹操知道曹丕的心思，便为他迎娶了甄氏。从此，袁绍的儿媳变成了曹操的儿媳。

富有正义感的孔融听说了这件事，向曹操上书说："武王伐纣，以妲己赐周公。"

曹操看了之后一头雾水，查遍史书也没有发现武王灭商以后将妲己赏赐给周公的记载，只好命人找来孔融"不耻下问"。

谁知孔融回答道："以今度之，想当然耳。"意思是参照现在发生的事情，料想武王伐纣时应该有过赐妲己与周公之事。很明显，孔融是在讽刺曹操父子抢夺袁绍家中女眷的流氓做法。

这正中曹操的要害,因为曹操是想做像周武王一样的人,但周武王可没干过抢女眷这等龌龊事。

其实,在这里讲这个小故事是为了说明:中国人有一个传统,那就是遇事总会向历史找资源、要说法。

孔融向曹操进谏,原本可以直接说事,但他一定要到历史上找案例,找不到就现编一个,因为这比直接说事更有说服力。不仅是孔融,纵观整部中国史,从孔子开始,教导学生也必称尧、舜、禹、汤、文、武。如果说中国人有什么迷信的话,那一定是对历史的"迷信"。

这当然是一个有意思的、独特的"迷信",往大处说,它确保了中华文明的传承与延续。以至于现在,我们社会的面貌、技术和结构虽然已经与古代相去甚远,但我们仍然能够毫无障碍地分享三国时期的历史故事。

您正在翻阅的这本书就是我们向历史找资源的一点小成果。

书中讲到了各种趣闻的简史:有的是每天都在发生而我们习焉不察的;有的是曾经存在过而成为历史见证的;有的是现在如此,但很少人知道以前如何的;有的是当代的概念和事物,但历史上仍有踪迹可追寻的……所有这些历史的面相构成了我们认识当下世界的角度与深度。

今天的人们比以往任何时代都更加执着未来、科技和发展，但我们仍需要铭记，我们所处的时代并不比历史上其他时代特殊。当下只是历史时间轴上的一小段而已，它不仅指向未来，更连接着过去。

但愿这本书可以让您对当下发生的种种现象产生思考，进而对历史产生敬畏。

这本书是集体创作的结晶，六名作者分别是郑焕坚、陈恩发、吴润凯、梁悦琛、阮健怡和卢娜。这是一个历史写作的专业小团队，以"艾公子"为集体笔名，多年来，一直在微信公众号"最爱历史"等平台笔耕。承蒙广大粉丝和读者的厚爱，书中多数文章均拥有不俗的阅读量，并得到了一些不错的评价。

在此，向我们的第一批读者表示感谢，是你们好奇着我们的好奇，共情着我们的共情，才让我们有勇气和底气继续写下去。

艾公子

目录 CONTENTS

第一章
社会万象

买房简史——古人买房的辛酸往事 002

名校简史——高等学府鲜为人知的历史 014

学区房简史——古代人的求学必备 024

学霸简史——中国哪个地方的人最会考？ 034

状元简史——中国南北状元之战 045

人口争夺简史——古代中国抢人大混战 056

孤儿院简史——弃婴收留机构的变迁 067

养老院简史——简说中国古代的养老制度 076

医院简史——古人看病指南 090

首都简史——历史上有多少个"北京"？ 101

第二章
生活百态

打工简史——古代牛人求职宝典 112

商贩简史——中国地摊经济前传 127

南北经济简史——南北经济大逆转之谜 138

梯田简史——人类与大自然的抗争史 145

古桥简史——得桥者，得天下 151

土猪简史——中华田园猪的消亡史 163

辣椒简史——辣文化的起源与发展 174

服饰简史——中国历代服饰变迁 181

鞋履简史——从"谢公屐"到"三寸金莲" 193

典籍流传史——典籍里的中国 203

第三章
奇闻异事

神童简史——天才儿童被神化的真相 220

冷饮简史——饮料的进化史 231

天花简史——花了三千年才消灭的传染病 236

消防简史——中国消防三千年发展史 244

仵作简史——古代衙门里的边缘人 249

鬼的简史——妖魔鬼怪里的中国 258

性骚扰简史——漫长的斗争 264

选美简史——从工具到病态 271

追星简史——人类偶像崇拜发展史 279

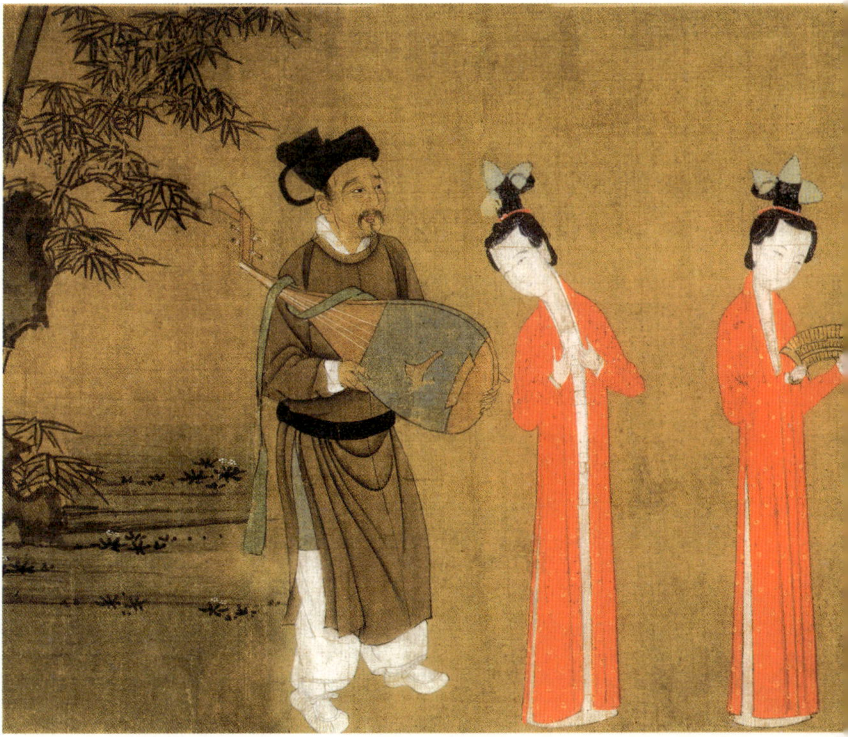

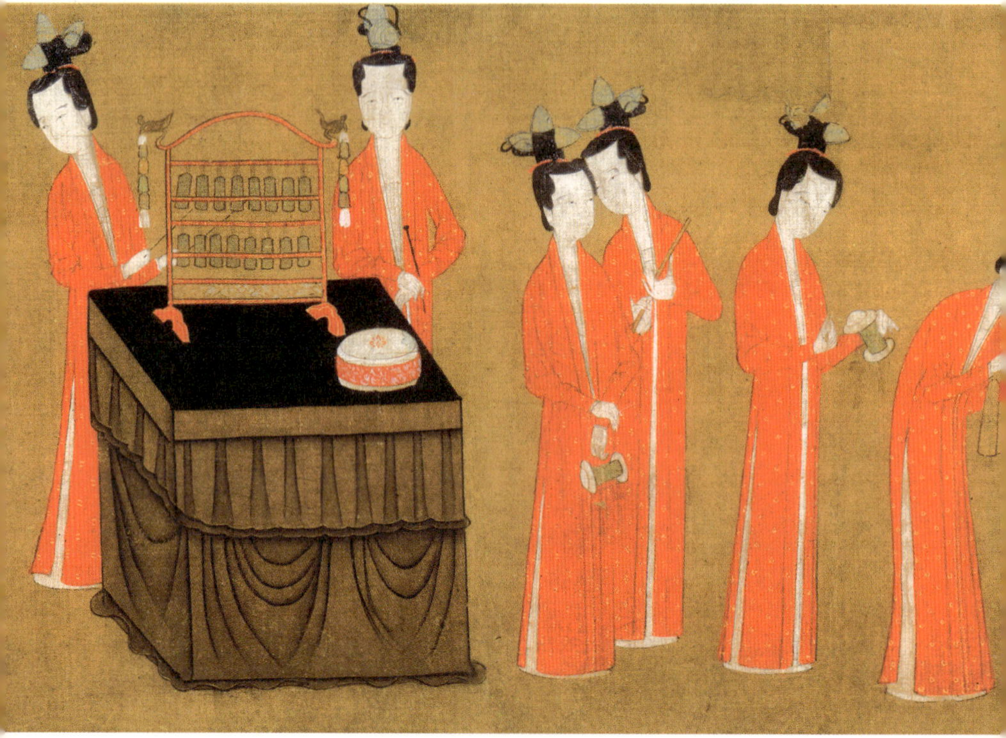

南宋佚名《歌乐图》

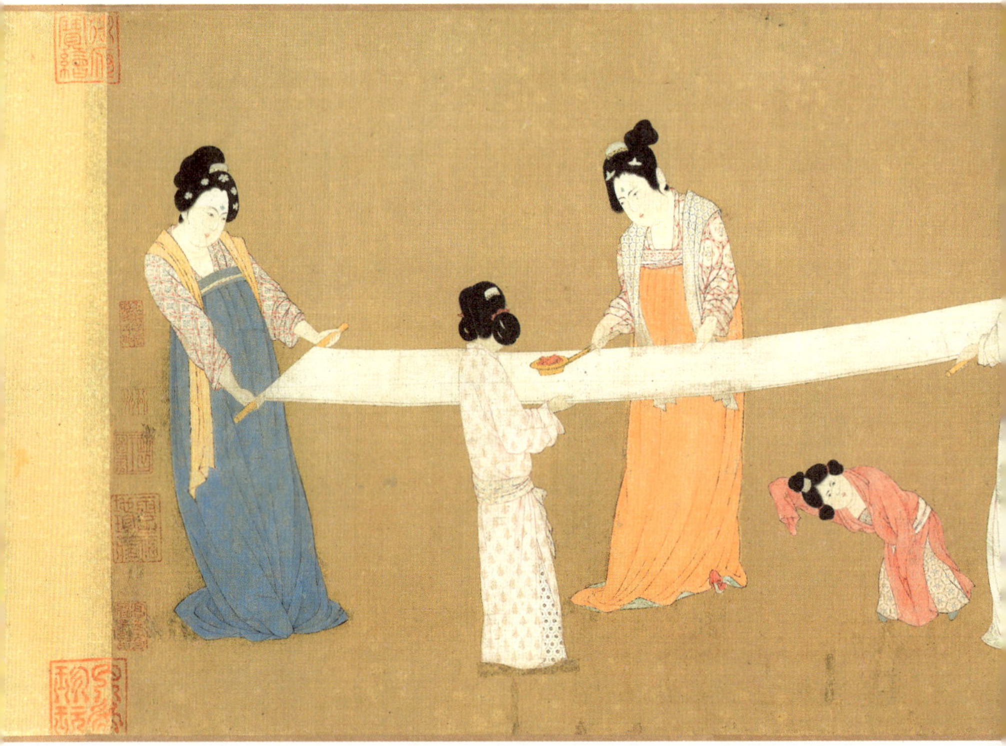

唐代张萱《捣练图》（宋人摹本）

天水摹張萱搗練圖

宋徽宗摹張萱搗練圖真蹟
金華宗趙
髙江邨清吟堂秘藏

第一章 社会万象

THE DIFFERENT
PHENOMENON OF SOCIAL

买房简史
古人买房的辛酸往事

五十岁这年,大诗人白居易终于买房了。

自从二十九岁考中进士、三十二岁参加工作以后,白居易一直在大唐长安城租房居住,属于典型的"京漂"一族,没有房,老婆也不好娶。一直到三十七岁那年,白居易才娶上了媳妇。

当年老白刚参加工作时,担任"校书郎",这是一个正九品官职,月薪一万六千钱。那时还是快乐单身的老白在长安东郊租了四间茅屋居住。由于离皇宫远,他又买了一匹马代步,另外还雇了两个保姆,如此一来,每月的开销大约是七千五百钱,每月老白大概可存八千五百钱。

尽管如此,他存的钱还是不足以在当时的超一线城市长安城里买一套房。

家里人抱怨，白居易很是苦恼，为此他写诗道：

游宦京都二十春，贫中无处可安贫。
长羡蜗牛犹有舍，不如硕鼠解藏身。

是啊，就连蜗牛都有一个硬壳当作家呢，老白却还在帝都长安"漂"着。无奈之下，大唐长庆元年（821年），白居易跑到长安的郊区下邽，也就是今天的陕西渭南市下邽镇买了一套房子。平日里，他就在京城上班，休假时再回渭南。

不管怎么说，住不起城区，就只能住城郊啦。

1

古代中国地广人稀，在广大乡村地带，从地主到贫民都可以在私有土地上自行盖房，因此买房行为主要集中在城市。

以东汉时期陕西汉中为例，当时汉中城内房舍最便宜的只需要一万钱便可买到一套，七万钱便可以买到一套不错的住房。当时，东汉帝国境内，即使是等级最低的公务员（佐史），每年也可以领到相当于九千六百钱的俸禄。一般来说，只要省吃俭用，东汉的公务员奋斗三四年，在像汉中这样的二线城市里买一套小房子问题不大。

东汉灭亡后，历史进入了魏晋南北朝时期（220—589年）。长达三百多年的大乱世，使得中华大地上四处混战、南北割裂，商品经济也受到了极大的破坏，城市里贫民密布。《南齐书》就记载，南齐时期（479—502年），"其民资不满三千者，殆将居半"。意思是说，当时南齐境内的大概一半普通百姓连三千钱的资产都没有，极度贫困和商品经济的困顿使得房地产贸易成为无源之水，非常少见。

实际上，房地产买卖主要受人口、土地、商品经济等变量的影响。589年，隋朝攻灭南陈，再次实现大一统，中国的经济开始蓬勃发展。

帝国统一，商品流通，经济发达，老百姓手里有了钱，房产买卖就开始红火起来，尤其在隋朝和唐朝的首都长安城，房价更是高到连大才子白居易都买不起。

这是为什么呢？

唐玄宗天宝十四年（755年），当年整个大唐帝国的人口统计是五千二百九十一万人，其中居住在长安的人口超过百万人，当时，大概每五十二个唐朝人中就有一个人居住在长安。按这种比例来算，以整个国家的人口分散集中度来说，盛唐时期的长安城，人口密度堪比今天的北京。

安史之乱（755—763年）以后，尽管大唐帝国的整体人口有所下降，但长安城的人口密度仍然非常高，这就导致帝都长安的房价始终居高不下，这才逼得大才子白居易只能跑到城郊买房。

2

经济越发达，核心城市的房价就越贵，对于这一点，宋朝人深有体会。

尽管武力不行，但两宋时期的商品经济达到了历史的巅峰水平，与大唐长安城一样，北宋开封城中也聚集了超过百万的人口。

当时的开封城中也蜗居着无数百姓，这其中就包括后来"唐宋八大家"之一的欧阳修。欧阳修二十四岁高中进士，二十五岁参加工作，先后担任过滁州知州、扬州知州等官职，相当于今天市长级的人物。

但即使这样，欧阳修在首都开封城也买不起房。他一直带着寡母和妻儿借住在"政府大院"里，在外面也只能租住破旧的民宅。这种无根的状态一直持续到四十二岁那年，他才终于在阜阳买了一块地盖了房子，而这时已经是他参加工作的第十七年了。

对于自己长期漂泊在开封，连个房子都没有这件事，欧阳修在写给友人的信中概叹道：

嗟我来京师，庇身无弊庐。
闲坊僦古屋，卑陋杂里闾。

欧阳修工作了十七年之后，才在二线城市阜阳买了房子，他的门生苏轼也没好到哪里去。

由于开封城房价太高，苏轼二十六岁参加工作后，在首都一直买不起房。等到他儿子要结婚的时候，在开封连个容身之所都没有，搞得老父亲苏轼焦头烂额，最后没办法，还是跟朋友借了一套房子才给儿子办了婚事。

恩师欧阳修四十二岁才买了房子，苏轼就更惨了。一直到五十岁那年，苏轼凭着一点工资，加上从亲友那里东拼西凑了一些钱，才在江苏常州买了第一套房。此时已经是他工作的第二十四年。

与哥哥苏轼一样，苏辙也是工作了大半辈子还买不起房，对此他写诗自嘲道："我生发半白，四海无尺椽。"意思是说，我的头发都白了，却连片瓦尺椽的房子都没有，惭愧啊。

老爸买不起房，儿子们都心生抱怨，苏辙又写诗："我老未有宅，诸子以为言。"因为没房，他觉得在儿子们面前抬不起头。

实际上，北宋在缔造出中国历史上的经济巅峰盛世的同时，也在大城市里创造出了高房价。早在北宋初年，大学士陶穀就写了自己在开封城中所见的情景，当时的开封城中，"四邻局塞，则半空架版，叠垛箱笥，分寝儿女"。

今天，我们可以从北宋画家张择端的传世名画《清明上河图》中看见北宋的城市格局和房屋分布。然而在这些繁荣景象的背后是像陶穀所写的，很多平民百姓由于房子太小，非常局促，以致只能在房子的天花板和地板中间硬生生隔一块架板，从而多睡几个人。卧室太小，就把箱子、柜子什么的摞起来，让孩子们躺在上面睡觉。

宋代张仲文写过一本书，叫作《白獭髓》，里面就写了当时江浙一带买房后成了房奴的百姓，由于手中资金所剩无几，这些房奴"妻孥皆衣蔽跣足……夜则赁被而居"，意思是说，房奴们太穷了，妻子儿女衣衫褴褛赤着脚，甚至连被子都买不起，只能去租被子来盖。

宋代城市买房难的这种情况，即使在后世也没什么改善。明代著名书画家徐渭（徐文长）曾经做过浙闽总督胡宗宪的幕僚，按理说，

作为省部级领导的高级秘书，工资应该还可以，但即使是这样，徐渭也买不起房。

一直到明朝嘉靖三十九年（1560年），胡宗宪在杭州建成了镇海楼，让当时已经四十岁的徐渭写文纪念此事，徐渭一挥而就写成《镇海楼记》。胡宗宪见文大喜，他听闻徐渭这些年一直买不起房，就把会计叫来，让他取银二百二十两作为稿酬，赠予徐渭买房。

只是省城杭州的房子也很贵，所以徐渭用这笔钱在浙江的二线城市绍兴城郊买了一套二手别墅。因为是用稿费买的，所以徐渭特地给别墅取名"酬字堂"，包含着对胡宗宪酬谢的感恩之意。

但是，一如徐渭一般拥有天赋才华，又拥有胡宗宪赏识慷慨赠金的人只是极少数，大部分人在古代的核心城市还是很难买得起房的。

到清朝光绪年间，北京城里的很多人仍然买不起房，当时有首竹枝词这样唱道："搭得天棚如许阔，不知债负几多钱？"意思是说，即使买了房，也不知道身后背了多少债啊，一把辛酸泪。

3

当然，房子贵不贵也跟时段、城市、地段有很大关系。以盛唐时期唐中宗时代为例，当时河西走廊的敦煌地区有个居民名叫沈都和，沈都和要卖房子，根据他的卖房合约我们获悉，他的房价规定为每尺两硕（计量单位，用法同石）五升，折算为今天的价格，大概是每平方米一千五百元。

需要注意的是，由于古代土地私有，其实古代的房价都包含了地价。

而当时敦煌地区的普通百姓月收入大概是两石小麦，折合为今天的价格，大约是三百元，因此，一年的收入也就是三四千元，这么来看，盛唐时敦煌地区的老百姓要买房也得攒钱几十年。

但是唐朝安史之乱后，唐僖宗在位期间（873—888年），由于河西走廊长年战乱，敦煌地区的房价从盛唐时期的每平方米约一千五百元暴跌到了每平方米约二百五十元（折合今价）。

因此，同样一个地方，由于政治动荡和战争导致人口变化等因素的影响，房价暴跌83%，由此可见，必须从一个更广阔的角度去看古代房价的高低起落。

以明朝北京城为例，明朝万历年间（1573—1620年），当时北京城内有一个太监卖掉了自己的住宅，这房子门面七间、五进院落，总共卖了一千三百两银子。

当时，北京城内百姓打工一年大概可以赚到八两银子，虽然一辈子都买不起这种五进院落的豪宅，但是买一个普通房子还是没有问题的。

我们再看清代华中地区的武昌，晚清光绪三年（1877年），当时武昌府（在今湖北武汉市）有人买卖一套"占地长五丈二尺、宽三丈二尺，计有三间正屋、一个套房、一个天井、两个厢房"的房子。这套房子约合今天的一百八十五平方米，位处湖北省城武昌府的核心地带，当时成交价是五十两白银，按照武昌府普通百姓的收入水平，七八年的收入可以买到这样一套房子。

4

我们今天说古代房价时必须注意到，由于土地私有，地广人稀，加上劳动力和原材料价格便宜，目及唐宋元明清历代，除了当时的首都和各地州府、省会，其他各地的房价相对当时普通百姓的收入，算不上特别昂贵。

除此之外，中国历朝历代的中央政府也一直在出台各种措施管控房价。以西汉为例，西汉建立后，当时朝廷就给官僚阶层搞了一次分房分地运动。

汉代的爵位分为二十等，王以下最高的爵位为彻侯，最低的爵位是公士。按照当时的分配规则，彻侯可以分到三百亩地（约合二十万平方米），最低一级的公士，也可以分到一块大约三亩（约合两千平方米）的土地盖房子。

在汉代，基于保障乡土社会稳定等需要，朝廷还规定，购房只能买邻居家的房子，"欲益买宅，不比其宅，勿许"。

这种对于房屋买卖的限购，实际上是农业社会里中央政府为了保障乡村社会稳定而实施的一种措施。从今人的角度来看难以理解，但是在古代有着一定的合理性，但这种限购也导致房屋买卖很难兴盛起来。

这种规定也沿袭到了后世。到了唐代，官方也规定，出售房屋必须首先征询亲属和邻居的意见，亲属不买，再问邻居买不买，如果亲属和邻居都不买，这房子才能卖给外人。

进入宋代后，政府规定，买卖房子时必须"问账"，要写好文件，上面标注自己卖房的原因、计划出售的价格，再拿着这份文件去征询亲友邻居的意见，并让他们写上想买或不想买、想买的话愿意出什么价格、同意卖或者不同意卖等表态性意见，然后才能出售。

实际上，这种卖房子必须首先征询亲属、邻居的做法，即使在今天的乡土社会，也仍然有一定程度的沿袭。

这是因为传统社会，尤其是乡村社会，本质上是建立在农业文明和宗族社会之上的，这种农业社会和宗族血缘社会决定了乡民的安土重迁。所以这种征询意见制有相当的合理性。

今天中国城市社会之所以出现了房地产的自由买卖，本质上是因为工业社会的周边邻居大多没有宗族血缘关系，这种陌生人社会极大程度地影响了后世的房地产销售规则。

另外，为了维护社会等级秩序，古代一些社会还对房产面积进行了限制。

唐代社会本质上是一个贵族社会，豪门贵族所住的宅院动辄几万平方米。

例如，参与平定安史之乱并立下大功的名将——汾阳郡王郭子仪，他在长安城中的住宅面积，按现在的算法，约有十四万平方米，家中妻儿子孙、奴仆、杂役等一共住有三千多人。由于宅院太大，以致郭子仪的家人在宅院内彼此往来经常要乘坐车马。

除了贵族，属于普通百姓的"良口"，即士农工商，"应给园宅地者，良口三口以下给一亩，每三口加一亩"。另外，奴婢、杂户等"贱口"，则"五口给一亩，每五口加一亩……诸买地者不得过本制"。

通过普通人家的"良口"和更次一等的"贱口",我们便可以看出这种限制比较严格,这也在一定程度上限制了房地产的市场交易。

普通百姓参与授田、买卖房产受到限制,那么如何制衡权势阶层呢?

到了北宋大中祥符七年(1014年),当时宋真宗下诏令:"现任京朝官除所居外,无得于京师购置产业。"意思是说,在京城开封当官的,除了自己住的房子,不得再在城内另外买第二套房。这样做的目的,一是通过限购防止兼并;二是有利于调控开封城内居高不下的房价。

但社会贫民还是很多,绍圣五年(1098年),北宋官府开始施行救济,在各个州府设立"居养院",为那些"鳏寡孤独贫乏不能自存者"提供公共住房,"月给米豆,疾病者仍给医药"。

明朝建立后,做过乞丐、和尚,贫民出身的朱元璋对于住房问题感怀很深,当时他下令在首都南京城内盖了二百六十间公共住房来收容那些"鳏寡孤独废疾无依者"。

随着商品经济的发展,明代的城市房价开始一路高涨,以致如我们前面所说的,到了晚明时期,连身为浙闽总督胡宗宪高级秘书的大才子徐渭,在省城杭州也买不起房,最后还是胡宗宪给特例支援,这才解决了他的安家问题。

为了解决城市房价日益高涨问题,到了明清两代,官府开始实行"找房款"制度,意思就是卖家的房子卖出后,如果房子升值了,允许卖家向买家追讨一次差价。

清朝咸丰元年（1851年），浙江山阴县有一个名叫高宗华的人以十八块大洋的价格卖了自己的六分地，但过了三个月，高宗华就以"契内价银不足"、房子升值为由，让中介向买家追要了七块大洋。

在今天看来，这种行为很不合理，如果双方订立了契约并且进行了交易，岂有反悔且追索差价的道理？

但是在明清，官方是允许卖家进行一次这种"找房款"操作的，虽然只有一次机会，但是这种做法显然遏止了许多投机者入市，确实够狠。

时间回到一千年前，苏轼的弟弟苏辙七十岁那年终于买到房了。只是他仍然买不起首都开封府的房子，因此只能选择在开封附近的二线城市许昌买了一套住宅。

不管怎么说，总算有自己的宅院了，苏辙特别高兴，他拿出平生积蓄，又卖掉了一批珍贵藏书，然后陆续扩建起了自己的宅院。几年后，他的房子扩大到了一百多间，终于可以容纳祖孙几代人居住了。

为此，苏辙写诗自嘲道：

我老不自量，筑室盈百间。
旧屋收半料，新材伐他山。
盎中粟将尽，橐中金亦殚。
……

堂成铺莞簟，无梦但安眠。

为了买房，苏辙几乎倾尽家财，但不管怎么说，有了自己的房子，他终于悠然自得，能够"无梦但安眠"了。

名校简史
高等学府鲜为人知的历史

公元前522年,三十而立的孔子,决定创办平民教育,收徒讲学,以扶正摇摇欲坠的上层建筑,希望改变礼崩乐坏的现实。

孔子带领一群青少年垒土筑坛,并移来一棵小银杏树栽在坛边。他抚摸着银杏树说:"银杏多果,象征着弟子满天下。树干挺拔直立,绝不旁逸斜出,象征着弟子们正直的品格。果仁既可食用,又可入药治病,象征着弟子学成后将有利于社稷民生。此讲坛就取名杏坛吧!"

此后,孔子每日杏坛讲学,四方弟子云集。一生收弟子三千,授六艺之学,传为美谈。可以说,孔子是全民认可的中国第一位教师。

康熙二十六年（1687年），河南人耿介不想当官了，准备辞职回家教书。

他幼年时曾到嵩阳书院春游，看到昔日的著名书院荒草连天，读书声不再，内心悲恸不已。由于担心再也见不着"程门立雪"的场景，耿介便立志从教，倡兴书院。

退休的十年前，他曾向书院捐地三百三十亩，带动省、府、县的官员和县内外的士绅向书院捐地共一千五百七十余亩，复筑嵩阳书院，自任院长。

他仿效孔子当年杏坛讲学，除地为坛，坛上手植杏树一棵，吸引了很多慕名前来求学的学子，而他也被尊称为嵩阳先生。

1

孔子杏坛讲学两百年后，战国中期，一个名不见经传的小地方——稷下（今山东淄博），因田齐政权在此地设立的"稷下学宫"而闻名当世，一举成为中国学术的中心。

稷下学宫被誉为"中国第一所官办的高等学府"，创建于齐桓公时期（一说创建于齐威王时期）。

稷下学宫规模宏大，"为开第康庄之衢，高门大屋"。在田齐政权的重视和厚爱下，稷下学宫成为齐国的金字招牌。

稷下学宫的老师称"稷下先生"，也受到了尊崇，既可以兼任田齐政权的智囊团成员，也可以自行著书立说，广收门徒（誉为"稷下学士"），进行学术研究。

稷下先生、学士不仅可以"不治而议论",也可以"不任职而论国事",且据其意愿可向田齐政权申报功名,若获认可,还能受封"上大夫",享有相应的爵位和俸禄。

学生可以自由地来稷下拜师求学,老师也可以在稷下招生讲学,学与教双向选择。在思想上兼容并包,营造了学术上百家争鸣、百花齐放的氛围。

稷下学宫最兴盛时,云集了儒、道、法、农、名、兵、阴阳等各家各派有影响的学者,如孟子、荀子、邹子、慎子、申子、接子、涓子、尹文、宋钘、淳于髡等,他们都曾在这里讲学,发表自己的学术见解,也因此出现了《黄帝四经》《管子》等一大批著作。

稷下学宫最著名的祭酒(校长)是荀子,他担任了三届。他有两个学生,一个叫韩非子,一个叫李斯,都是"该校"的杰出"校友",属于影响后世数千年的人物。

稷下学宫的第一客座教授是孟子,是儒家宗师级的人物,其效法孔子推行自己的政治主张,曾在稷下学宫授课多年,广受学生尊敬和追捧。他从当时的各家思想中汲取了各营养,也为其他学派带去了新鲜内容。

要说稷下学宫中名气最大的人物,非田骈莫属,他是稷下道家学派的中坚人物,继承了老子思想的精髓。据说田骈很喜欢评论时事,经常发表高论,成为稷下学宫最为著名的学者。不过,他很快便遭到了其他人的嫉妒,后来齐威王对他动了杀心,田骈便逃离齐国,到薛地投靠了孟尝君。

这个文化中心存在的时间很长,大约有一百五十年之久,一直持续到齐国被秦国所灭,才彻底消失。

2

秦代以后,私学与官学并行成为教育制度的重要组成部分。

汉代的官学制度奠定了以后中国封建官学发展的基本格局。中央官学有太学、宫邸学和鸿都门学,地方官学则主要是郡国学校。但是,私学的影响较官学更大,因为私学不仅比官学更普及,而且更持久,受朝代更替或其他政治变动的影响也小得多。

太学即设在京师的全国最高教育机构,始建于汉武帝元朔五年(公元前124年)。汉武帝采纳董仲舒"兴太学,置明师,以养天下之士"的建议,在长安城外建立太学,置五经博士与博士弟子。

但是太学并不是谁都能去的,名额极为有限。

东汉名臣杜密在调任北海相时,到高密巡视,遇到了当时担任乡佐的郑玄。两人破例做了长谈,杜密从言谈中得知郑玄虽饱读四书五经,但面临家人不支持的困境,于是决定利用职位之便,设法送郑玄去太学深造。

正是这关键的一步,使得郑玄摆脱了像他的老师郑谦一样带着满腹才学老死乡间的命运,得以跻身龙门。

之后,学有所成的郑玄以渊博的学识遍注群经,创立了"郑学",他的《毛诗传笺》更是意义非凡,成为《诗经》研究的第一块里程碑。

等到东汉灵帝时,出现了洛阳鸿都门学,是世界上第一所文学艺术专科学校,开唐代专科学校之先河。

鸿都门学创建于东汉灵帝光和元年(178年)二月,因校址设在洛阳鸿都门而得名。

汉灵帝刘宏好辞赋书法,为了将自己的兴趣爱好发扬光大,下诏设置了鸿都门学。因此,所入读的学生都要求擅长尺牍(古代书信)、辞赋及工书鸟篆,经考试合格后才可以入学,入学后的主要学习内容也是尺牍、小说、辞赋与书画。

鸿都门学的设置突破了"独尊儒术"政策的藩篱,打破了封建官学儒家经典教育的界限。不仅丰富了当时学校的教学内容,也成为隋唐书学、文学和宋代画学的嚆矢,体现了重视人之才华的倾向。

此后,中国古代取士除了以儒经为主要依据外,还兼以诗文取士。

但鸿都门学在史书上属于被贬低的一方。自创立之初,不断遭到非议,帝师杨赐、尚书令阳球等人均上书要求废除鸿都门学。

这是为什么?

汉代的官员来源于举荐制,士人们都依赖于此。官秩六百石以上的官员们能送自己的儿子去太学读书,然后这些太学生又在帝都拜入三公门下,形成牢不可破、层层叠叠的门生关系网。

而随着鸿都门学的出现,这些不靠举荐(茂才孝廉)、不靠"拼爹"的寒门士人用书法、辞赋就能轻松接近皇帝,从而获得高官厚禄,怎能不让太学生们眼红?

所以,鸿都门学设立不久就停罢了,如同昙花一现。

3

隋唐时期采取重振儒术、三教并重的文教政策，在选士制度上采取科举制。唐在隋的基础上，从中央到地方形成了相当完备的官学教育体系，其中，"六学二馆"组成了中央官学的主干。

"六学"指国子学、太学、四门学、律学、书学、算学，隶属国子监（国立京师大学，平民可以就读），"二馆"指弘文馆（政府主办的普通贵族大学）、崇文馆（皇太子主办的高级贵族大学）。这些学校是大唐的最高学府。

唐朝的"六学二馆"有着不同的入学要求和严格的等级限制，这反映了社会政治经济影响和制约着受教育权的分配。

武德四年（621年），尚为秦王的李世民平定王世充归来，唐高祖李渊一时高兴，以李世民为天策上将，设天策府，置官属。

李世民抓住了这个机会，在长安宫城之西设置了文学馆，招集天下名士，延纳当时英俊十八人，号称"十八学士"，即秦府十八学士。其中就有杜如晦、房玄龄、陆德明、孔颖达、虞世南、于志宁等名流。

李世民是个舍得投资的人，除了食有鱼、出有车外，十八学士还一律配享五品俸禄，他又命当时的著名画师阎立本为他们画像，"藏诸凌烟阁，留待后人看"。

只是可以预见，这一段风流闲散的日子并不会长久。李世民跟他们谈论了一阵文史，研讨了几次经籍，然后很快把"争嗣"的主题提到了议事日程上面。

武德九年（626年），秦王李世民带兵入玄武门，诛幼弟李元吉，杀皇储李建成，废长夺嫡，入主东宫。这就是玄武门之变。秦府十八学士为此宵衣旰食，日夜筹谋，做了大量的前期工作。

即位第二个月，李世民便下令在弘文殿聚书二十万卷，改修文馆为"弘文馆"，集聚褚亮、姚思廉、蔡允恭、萧德言等英才，"听朝之际，引入殿内，讲论文义"，"或至夜分而罢"。虽然两馆相继只有几年，但是在荟萃人才、开拓文化上功不可没。

这些文化人可以说是李世民的智囊团。有的为制定国策出谋，有的为撰写史书效力，还有的写诗撰文为文化发展献才。李世民和弘文馆的这些文人共商朝政，重视文化，创益匪浅。

尽管当年的弘文馆规模不大，但在这里的确集聚和造就了一批人才。

除了官学，私学的发展同样迈出了很大一步。

依山而建、隐于名山大川、风景秀美之处的书院开始出现。唐代诗人李端年少时住在庐山，就曾跟随皎然和尚读书。

山林寺院中必有从师授习的教学活动，这个时候的书院与山林寺院的关系密切，难以区分。

等到宋代，真正意义上的书院才应运而生。

4

宋代出现的书院意味着中国民间高等学校的诞生。可以说，书院萌芽于唐末，形成于五代，大盛于宋代。

唐末五代时期，由于连年战乱，官学废弛，教育事业多赖私人讲学维持。宋初的统治者仍在忙于军事征讨，无暇顾及兴学设教，于是私人讲学的书院得以进一步发展，形成影响极大、特点突出的教育组织。

书院以研究、讨论和讲学为要务，称得上是古代的研究生院。相对于官学，书院一般为著名学者私人创建或主持，具有更多的学术自由和自治权力，更加偏重培养学术修养和个人修养，而不以培养官僚、参加科举考试为最终目的。

当时出现的著名书院有白鹿洞书院（位于今江西庐山）、岳麓书院（位于今湖南长沙岳麓山）、石鼓书院（位于今湖南衡阳石鼓山）、应天书院（位于今河南商丘）、嵩阳书院（位于今河南登封太室山）、茅山书院（位于今江苏句容茅山）等。

其中，应天书院、岳麓书院、嵩阳书院、白鹿洞书院并称中国古代四大书院，可谓当之无愧的明星书院。除了应天书院设立于繁华闹市之中，其他书院大多设在山林胜地僻静处。

应天书院由五代后晋杨悫所创，宋真宗时，将该书院赐额为"应天府书院"。从此，这所书院得到官方承认，成为宋代较早的一所官学化书院。时人称，"州郡置学始于此"，天下学校"视此而兴"。

宋仁宗天圣年间，文学家晏殊任应天知府时，曾为书院聘请名师任教，书院规模得以进一步发展。

北宋天圣四年（1026年），范仲淹因母亲去世而辞去了兴化县令的职务，次年在应天府居丧时，在此地任教。他主持应天府时，择生只有品德和学业上的基本要求，没有年龄、身份和地域的限制，生徒来源广泛，院生可以随意流动，不受地域、学派限制，均可以前来听学。

四方学子纷纷慕名前来就学，书院在全国声望空前，一时"人乐名教，复邹鲁之盛"，俨然为中州一大学府。应天书院堪称千年前的"清华北大"！

庆历三年（1043年），宋仁宗下旨将应天书院改为南京国子监，成为北宋最高学府之一，也是中国古代书院中唯一一个升级为国子监的书院。

只可惜，靖康之变后，金兵南侵，中原沦陷，应天书院被毁，学子纷纷南迁，中国书院教育中心随之南移，应天书院没落。在南宋理学大盛时，应天书院已不如白鹿洞书院。

白鹿洞书院始建于南唐升元四年（940年）。洛阳人李渤与其兄在庐山五老峰南麓隐居读书，李渤养了一头白鹿，白鹿通人性，常常跟随人出入，被人们称之为"神鹿"。这里本来并没有洞，因四周地势低凹，俯视似洞，才称之为"白鹿洞"。

南宋淳熙六年（1179年），理学宗师朱熹出任知南康军（治所在今江西南康镇）时，率百官造访书院，见书院残垣断墙，杂草丛生，感到非常惋惜。于是朱熹责令官员重新修复了书院，并自任洞主，亲自讲学，制定《白鹿洞书院学规》，还专门邀请心学宗师陆九渊到书院讲学，使得白鹿洞书院一时间名师荟萃。

朱熹的苦心经营使得书院名声大振，成为宋末至清初数百年中国一个重要的文化摇篮，是中国教育文化的重要发祥地之一。

书院教学在一定程度上体现了"百家争鸣"的精神，尽管"争鸣"的范围很有限，但较之只准先生讲、学生听，只此一家别无分店的一般官学教育却自由得多。

此后，元、明、清的书院大多沿着既定道路前进发展。

一直到19世纪末，中国现代大学的正式登场才开启了现代高等教育的序幕。

学区房简史
古代人的求学必备

先秦大思想家孟子幼年丧父，母亲没有再嫁，母子俩艰难度日。

最初，孟母带着孟子住在墓地附近。没多久，孟子就跟着邻居小伙伴一起以模仿大人办丧事为乐。孟母很担心，怕儿子长大后可能要从事殡葬业，没出息，于是举家搬迁到了一处靠近集市的房子。

集市很热闹，做生意的商贩来来往往。年幼的孟子很快又跟新玩伴玩起了模仿的游戏，模仿怎么招呼客人、怎么讨价还价做买卖。孟子模仿得越起劲，孟母的头就越疼——这里也不该是我儿子居住的地方。

孟母又将家搬到一处屠宰场附近。若常住下去，孟子长大后恐怕会成为战国版张飞了。孟母摇摇头，决定再搬家。

这次搬到了学宫附近。孟母看到儿子整天模仿学堂里先生和学子的言行举止，鞠躬、谦让、行礼，心里十分欣慰——这才是我儿子该住的地方。

按照当代人的理解，"孟母三迁"的故事其实就是一个伟大的母亲经过不断实践，最终选择并认同"学区房"概念的故事。

"学区房"是一个当代的概念，而且产生的时间很晚，至今不过三四十年。从广义上说，学区房指的是大学、高中、初中以及小学周边的房子；从狭义上说，学区房则是特指重点学校周边且孩子具备入读资格的房子。

但如果从国人对于居住环境中教育氛围的看重这一角度进行理解，那么，"学区房"的观念就可以追溯到"孟母三迁"的战国时期，甚至更早。

而古人对良好教育与科举功名的追求，在某种意义上就是一部"学区房"的发展史。

1

在科举制度被发明以前，古人追逐"学区房"的动机可谓相当纯粹，就是为了学习知识而迁居、置业，不抱有其他目的。后世看中"学区房"有利于升学或考取功名的功能，在隋唐以前是不存在的。

东汉时，蜀郡成都有个学霸，名叫张霸。张霸七岁通晓《春秋》，懂礼节，行孝道，被认为会成为像孔子的弟子——曾子一样的圣人，故人称"张曾子"。

张霸长大后，博览五经。（博览五经在当时是最高学问的代表。）

这下，整个国家都知道成都出了这么一个博学大儒，于是，张霸居住的片区就成为当时的"学区房"。孙林、刘固、段著等一批年轻人为了方便向张霸学习，纷纷在张霸住室的附近买房。张霸由此成为历史上以一己之力带动片区房价的第一人。

后来，张霸为官多有政绩，数次升迁做到了侍中。时任虎贲中郎将的邓骘是汉和帝皇后邓绥的哥哥，属于典型的外戚权贵。邓骘听闻张霸的名气，想与他交朋友，但张霸犹豫不作回答。众人笑他不识时务，张霸却不以为意。

张霸七十岁病逝，临终前，他给儿子们写了一封遗书，交代后事。

他在遗书中说："如今蜀道阻远，不宜运归乡里，可就近把我埋葬，有足够掩埋头发、牙齿的地方就行了。人生一世，应当受别人尊敬，如果死后不能好好安排自己，那简直是太受罪了。所以，务必遵照速朽的原则，实现我的心愿，切记切记。"

儿子们遵照父命，将他葬于河南梁县（今属河南汝州），然后在那里安了家。而随着张霸的离去，当年成都的"学区房"也就失去"学区"的价值了。

到了北宋，又有一人像张霸一样带动了片区房价升值。此人名叫宋敏求，家住帝都开封春明坊。

宋敏求是个官二代，凭借父荫和个人努力，后来官至龙图阁直学士，但他更出名的身份是藏书家。

他是北宋首屈一指的藏书家。史载，他家中藏书达三万卷，而且，由于他经常亲自动手对家中藏书进行校对，所以天下读书人都以他家的藏书为善本。士大夫们对历史典故每有疑义，必请求宋敏求指正。

有些人家有巨量藏书，却秘不示人。但宋敏求为人慷慨，乐于跟别人分享自己的藏书，所以他的口碑很好。

司马光编撰《资治通鉴》时，其主要助手兼副主编刘恕曾特地绕道到宋敏求家中借览藏书。宋敏求对刘恕的到来也颇为高兴，每天都准备好酒好菜热情款待。刘恕则口诵手抄，昼夜不停，足足住了十天，抄够了他所要的资料才离去。

据宋人笔记《曲洧旧闻》记载，由于宋敏求居住在春明坊，"士大夫喜读书者多居其侧，以便于借置故也，当时春明宅子比他处僦直（即租金）常高一倍"。

你看，就因为宋敏求家的藏书量大质高，读书人便争先恐后地想在他家附近安家，使得春明坊一带的房价和租金比周边整整高出一倍。

有意思的是，王安石也是春明坊宅子的"大客户"。

史载，王安石"在馆阁时，僦居春明坊，与宋次道（宋敏求，字次道）宅相邻"。凭借住得近的优势，王安石遍览宋家所藏的唐人诗集，后来才编选了《唐百家诗选》。

但很可惜，宋敏求家的藏书在宋哲宗时期毁于一场大火，史称"文献一劫"。

2

其实,在宋敏求生活的宋代,人们追求"学区房"的动机已经掺杂了功利色彩。这主要是唐以后科举制带来的普遍性成才焦虑导致的。

宋敏求是官二代,按照宋朝的制度,他可以直接承父荫而入仕做官,无须遭受科举的折磨。但他深知时代的焦虑,很关注区域之间的教育均衡性问题。

宋敏求曾向朝廷建言说,各州县只有学校而无学官,所以学生士子容易离开本乡本土而到外面去拜师求学,请求在各州县设立学官。

为了接受更好的教育,以便于考取科举功名,整个国家内部形成了一条逐级向上的迁居链条。用南宋人洪迈的话来说就是:"缙绅多以耕读传家,而乡野之间读书非便,问学非便,故自村疃迁于县、自县迁于郡者多矣。"

村—县—郡的迁居链条与如今望子成龙的父母们的所作所为并无区别。人心不变,为了子女读书升学而迁居置业的经济逻辑也不变。而这条以下一代的教育和科举为核心的迁居链条,它的最顶端就在帝都。

历朝历代,帝都基本都是文化中心,会聚了最高端的教育人才和资源,因此其各种生活成本,包括"学区房"的购房费用,必定也是最高的。

所有人挤破头都想在帝都立足,但只有少数财富精英家族或文化精英家族才能留下来。

唐代时，尚未成名的白居易前往帝都长安求取功名，但要想在竞争白热化的帝都站稳脚跟，哪怕是聪明过人如白居易也不容易，白居易自己也深知这一点。

他自小读书十分刻苦，读得口都生出了疮，手都磨出了茧，年纪轻轻头发就全都白了。

到了二十九岁，白居易考中进士，这是相当了得的成就，以至于他一度自夸"十七人中最少年"——在同时考中进士的十七人里面，他最年轻。

此后，他的"考霸"地位不可撼动。用他自己的话说，叫"三登科第"，顺利得到官职——秘书省校书郎。经历多年的困顿漂泊和不懈努力之后，他终于在帝都定居下来。

唐以后，大批有财或有才的精英家族涌入帝国都城，从而抬高了帝都生活成本，使得"学区房"的价格居高不下，而这又衍生出了另外一个问题——冒籍。

3

北宋天圣七年（1029年），有官员向宋仁宗上奏："今开封府举进士者至千九百余人，多妄冒户籍。"

自科举制度开始实行的隋唐以来，各个朝代的秀才、举人的录取名额基本采取区域分配制。

唐代诗人柳宗元曾经指出，"京兆尹岁贡秀才，常与百郡相抗"。意思是说，帝都的录取名额很多，是其他地方所不能及的。

北宋都城开封同样存在录取名额多的巨大优势，所以才出现了冒用开封籍参加科举的现象。

向宋仁宗上奏揭露冒籍现象的官员举例说，庐州举人王济的哥哥王修己在开封府的祥符县买了十八亩田地，因而有了开封府户籍。于是王济投递家状时，竟然谎称王修己是自己的父亲，以求在开封应试。

还有一名叫王宇的士子也加入了王济这一户，连家状上"三代"部分也借用了王济的父祖三代——为了科举，连自己的父亲都不认了。

这名上奏的官员请求朝廷加强限制，要求只有在开封有户籍满十年且居住在此的士子才可以在开封参加科举。

可见，帝都"学区房"房价高企，使得一些人开始钻空子，采用冒籍的形式分享科举资源优势。

而这反过来冲击了"学区房"市场，加剧了科举不公平。

因此，当时的官员才提出在帝都参加科举必须"人户一致"的建议。

或许是认为"有开封户籍十年"的规定过于严苛，最终，宋仁宗下诏，将年限减至七年，即"举人有开封府户籍七年以上不居他处者"才可以在开封参加解试。

尽管此后历代对"科举移民"都有所限制，但并不能从根本上杜绝这一现象。

清朝乾隆年间，苏州城一家弟兄俩听说北京进士好考，于是让父亲在北京辖下的顺义县买下一座破房子。两人顺理成章地参加了北京的科举，并双双考中，成了"科举移民"现象中的一对幸运儿。

4

当"学区房"与科举户籍产生关联的时候，这场读书人集体参与的阶层跃升竞赛已经进入了白热化阶段。

由于各地区之间的读书风气差异甚大，有的地方文风很盛，读书人为考个秀才或举人挤破头。有的地方没有读书的风气，稍一用功就能轻轻松松考个功名。

正如欧阳修所说："东南州军进士取解者，二三千人处只解二三十人，是百人取一人……西北州军取解，至多处不过百人，而所解至十余人，是十人取一人。"

这说的是北宋当时的情况，但历代基本都是如此，录取率高的省份是十分之一，录取率低的省份是百分之一，这中间是十倍的录取率差异。

所以，古代读书人以买房入籍的形式，纷纷移民录取率高的地方。

大到全国，小到一个府内部，都存在买房入籍的操作。

如今的福建省莆田市，在明代称"兴化府"，下辖莆田县和仙游县。其中，莆田县尤其多出科举人才，整个明代，莆田县出了494名进士，是全国出进士最多的县。

全国唯一的"七代进士家族"——黄寿生家族就来自莆田县。

在明朝两百多年间,这个家族直系八代中,有三代中解元、七代中进士,在科举时代一马当先。

为了争夺有限的科举名额,明朝崇祯年间,莆田和仙游两个县发生了激烈的"泮额之争"。

简单来说,泮额就是古代上官学的名额,只有上了官学,才更有机会考取功名。

莆田人擅长科举,县内竞争激烈,官学名额不够,于是,很多莆田人就近搬到仙游,在这里买房子和田产。莆田人看中的是仙游这个"学区"的竞争低热度,但这导致了仙游人的不满。

面对莆田人涌入本地购买房产的情况,仙游人的第一反应不是庆幸本地"学区房"的升值,而是陷入了本地生源升学率降低的焦虑之中。

一方面是官学学额被挤占,另一方面是本地升学陷入内卷。因此,不满莆田人"跨县竞争"的仙游人,将情况反映到了福建学政那里。

当时的福建学政为此专门提出一个解决方案,叫作"罢一复一"。"罢一"就是莆田人从此不能再去仙游置房、买地,占用仙游的官学名额,而"复一"就是仙游人不能去当时兴化的府学上官学,兴化府学的名额全部留给莆田人,这意味着仙游人只能上县级中学,不能上市级中学。

虽然这个折中的解决方案暂时缓解了两县的争端,但仙游人对自己不能上兴化府学一事一直耿耿于怀。

七八十年后,清康熙年间,朝廷才取消了"罢一复一"的政策,允许仙游人与莆田人公平竞争,择优入府学。

同一个府辖下的两个县尚且存在如此绵长的宿怨，更不要说全国那么多地方了，面对参差的教育水平与录取名额分配，要构建一个绝对公平的科举竞争环境是多么困难。

　　一直到晚清，福建、广东等省由于地区内部的"科举移民"问题，还时常爆发械斗。

　　或许只有当"学区房"回归到知识的价值本身，这一贯穿科举制一千三百多年的公平之争才有可能得到妥善解决。

学霸简史
中国哪个地方的人最会考？

历史上有一个名叫王定保的人，籍贯江西南昌，在900年，即唐朝灭亡的倒数第七个年头，考中了进士，随后到南方去做官。

时值唐朝末世，王定保一路碰到数起农民起义，只好跑到广州避难，在节度使刘隐门下做幕客。

刘隐死后，他的弟弟称帝，建立南汉国，成为五代十国中的"十国"之一。王定保时来运转，一路高升，做到宰相（同平章事），可谓位极人臣。

晚年，王定保潜心写作，写下了著名的《唐摭言》。其中关于唐代科举情况的记载尤其详细，是后世研究科举的必读书目。

在书中，这名唐代进士出身的南汉国宰相美美地感慨一句："缙绅虽位极人臣，不由进士者，终不为美。"

此后，帝国的高官们，如果不是进士出身，不仅自己觉得人生有缺憾，别人也会觉得他少了点什么。

已故史学大家何炳棣称，科举是帝国成功的阶梯，是阶层流动的通道。

当做官越来越注重出身的时候，考中进士逐渐成为当上高官的必要条件。这个时候，"你是哪里人"这件先天注定的事就变得很重要了。

1. 政治本位

科举制度开始于隋朝，被唐朝继承并发扬光大。

不像宋代以后有"科举名录"一样的档案簿，唐代没有科举及第的完整名单。

在目前已知的极不完整的数据中，唐代籍贯可知的科举及第者是648人。其中，关内道159人，河南道151人，河北道132人，进士人数位居前三。

唐代考科举最牛的地方都是典型的北方中原地区，主要包括现在的陕西、河南、河北、山东这几个省份。这几个地方产生了全国将近70%的进士。

你要是穿越过去，千万别傻盯着东南沿海或长江流域一带。毕竟那时候的政治、经济、文化中心都在北方，黄河流域一带。

很长一段时间内，唐朝实行双首都制——西京长安和神都洛阳。这两个地方正是最出科举人才的关内道和河南道的核心。原因无他，举国科举的政策照顾和教育资源都集中在那里。

长安所在的京兆府选送的举子，前十名被称为"等第"——坐等及第。据王定保说，十人中最后被安排中科举的至少有七八人。

如果哪一年礼部不给面子，多让其中几个落榜，京兆尹（首都市长）就要发飙，给礼部写文书抗议，让考官好好解释为什么要让首都的考生落榜，这到底是几个意思！

这种权力优势是外地州府不可能有的。

洛阳的科举优势则主要始于武则天统治时期。

当时，武则天将洛阳当作实际首都，在洛阳、长安分别开考录取进士，而洛阳的录取名额竟是长安的三倍。

一直到安史之乱后十余年，776年，洛阳的科举才被停掉。

唐代的科举公平性欠佳，基本是由政治本位决定录取名额。

唐文宗太和二年（828年），礼部侍郎崔郾被任命为科举主考官。一堆官员跑到崔郾家，向他推荐自己的门生。

其中，大名士吴武陵拿着《阿房宫赋》，向崔郾力荐杜牧："此人不当状元，谁能当？"

崔郾面露难色，说今年的状元名额早被预定了，只能给杜牧安排个第五名。

2. 平民出头

到了晚唐，王定保出生的江南道（包括今浙江、福建、江西、湖南，以及江苏、安徽、湖北南部、四川东南部等地）在科举上开始冒头。

原因是，安史之乱后，北方中原地区战乱频繁，传统的经济发达地区饱受摧残，人口向南方迁徙。这样此消彼长，南方崛起，无论是经济，还是教育，发展水平都上了一个台阶。

韩愈曾说，大唐的财赋来源十分之九来自江南。

如果王定保早生一两百年，估计进士的头衔就跟他无缘了，只能感叹自己，官做得再大，"终不为美"。

跟唐朝科举爱开后门、政策照顾明显等做法不同，宋朝科举一开始就讲究公平，考卷不仅要糊名，还要专人誊录，避免考官认字迹打分。

科举真正成为平民阶层上升的通道始于宋朝。

宋太宗在位期间，宰相李昉的儿子李宗谔、参知政事吕蒙正的堂弟吕蒙亨、盐铁使王明的儿子王扶，均在同一届科举中考中了进士。

殿试时，宋太宗发现了他们的名字，直接拍板说："势家不宜与孤寒竞进。"意思是，你们这些官二代就别跟寒门子弟抢了。

于是，这三个人的名次全让给了寒门子弟。

统计显示，整个宋代，布衣出身的进士占了一半以上。

但是，宋朝科举有新的问题：南方人太能考了，导致北方人心里很不平衡，双方为此吵闹不休。

整个宋代的科举进士数量从具体省份来看，福建、浙江、江西三省的人数高居全国前三。

根据《福建通志》记载，宋代福建进士共7043名，排名全国第一。

这个数字是什么概念？

两宋共有进士28933名（有籍贯者），算下来，福建一省就占了全国的四分之一左右。而且，比位居第二的浙江多了2000多名进士，形势一片大好。

时人不无夸张地说："龙门一半在闽川。"福建人绝对是当时全国最能考的。

何炳棣分析说，两宋时期，尤其南宋，比较靠南的省份受益于远离宋金边界，免受战争侵扰，经济与文化也更加稳定繁荣。浙江、江西和福建因此崛起。

福建在12世纪至13世纪，由于早熟稻的推广、海上贸易的繁荣，以及如朱熹那样的大学者的移入，一下子成为文化上先进的省份。

3. 科举改革

三十年河东，三十年河西，谁家祖上没厉害过？

但北方人不得不面对一个残酷的事实：唐代以后，在科举之路上，还是南方省份更厉害些。

风水轮流转，只是转到南方哪个省的问题。

元代常被称为文化的荒漠，不过，史学家发现，当时江西是全国书院最多的省份。这些书院为江西保留了无数的读书种子。

在宋代，其实江西文化已很昌盛，人才辈出。唐宋八大家中，宋代占六位，其中三位是江西人——欧阳修、王安石和曾巩。

在中进士人数上，宋代时江西排名仅次福建和浙江，稳居前三。

明朝开国后的前一百年，江西凭借这些文化积累迅速崛起，并超越闽、浙两省，成为全国最能考的省份。

尤其赣江中流的吉安府，在明初一百年间，产生了426个进士，以及33个巍科人物（特指会试第一名和殿试前四名）。这两个数据分别占全国同一时期的十二分之一和四分之一。

在1400年和1404年连续两次科举殿试中，共有一甲进士6名，吉安人包办了5名，真的是全国科举看江西，江西科举看吉安。

整个明代的科举可以分为三个阶段。

前面一百年，最能考的是江西人。中间一百多年，浙江人发力，比江西人还能考。最后四五十年，江苏逐渐取代浙江。

综合下来，明代全部24800多名进士中，浙江有3697人、江西有3114人、南直隶（含今江苏、安徽）有2977人，是产生进士人数最多的三个省份。

有来自福建的朋友问了：这时，南宋最能考的福建人去哪儿了？

明代福建以2374名进士，排全国第四。虽然总数比前三名省份少一些，但不是弱在考试能力差，而是弱在人口总数较少。

明代福建的人口仅有170多万，相比五六百万人口的浙江、江西、南直隶，显然不占优势。

但如果按人均进士数计算，福建人依然是全国考试最厉害的。

这个省每万人平均拥有进士约13人,是浙江的2倍、江西的2.85倍,堪称一骑绝尘,无人能敌。

对整个帝国而言,老问题又来了:人才都出自东南,其他地方的人还有什么奔头?

早在明初,朱元璋就意识到这个问题。这位开国皇帝是南方人,这使得他必须向北方士子释放更大的诚意,从而提升整个帝国凝聚力。

洪武三十年(1397年)三月,会试放榜,考上的51名进士全部是南方人,无一北方人。北方士子群情激愤,高喊有黑幕,联名向朝廷状告主考官刘三吾,说刘三吾是南方人,所以偏心。

这件事惊动了皇帝。

为了安抚北方士人心,朱元璋重新出题,并亲自阅卷,增补了61个进士,这61人全部是北方人。

此后,明朝的科举制度迎来重大改革。

大约从1425年起,明朝会试开始试行"南北卷"制度,在南北方分别录取进士,比例为"南六北四",即南方占60%,北方占40%。

后来,又增加了中卷,把全国划分为南、北、中三个区域,分别录取进士。比例为南卷55%、北卷35%、中卷10%。

这项改革影响深远,直到康熙五十一年(1712年)实行分省录取制度,"南北卷"制度才最终被废除。

4. 资本时代

明代历时两百多年未能破解的南北人才失衡问题，到清代，总算得到了较为妥善的解决。

1712年，已经做了五十年皇帝的康熙突然意识到"南北卷"制度虽然可以相对调和南北方的人才结构，但无法解决省份之间的人才比例问题。

他说，观察这些年来的进士录取名单，有的省进士很多，有的省进士很少，这不科学，以后干脆"按省取中"好了。

所谓"按省取中"，原型来自北宋司马光的"逐路取士"，跟我们现在高考制度中的分省录取制基本一致。

简单来说，就是按照每个省的大小、人口多寡，分配每个省的举人名额。比如，浙江、江西都分到了94名，以后这两个省每届录取举人就都是94人，再由这94人去参加国考（会试），按一定的比例录取进士。

这种录取方式对文化欠发达省份是一个极大的利好。

举个极端的例子，在实施分省录取制度前，甘肃连一名进士都没有，实施后，甘肃后续共出了200多名进士。

但这对科举大省则不是好事。分省录取制最大限度地把考试竞争压缩到了省内，一个省中举名额就那么多，如果考生都很强的话，竞争肯定就很激烈了。

不过，经过这轮制度调整，清代进士的南北分布相比明代均衡多了。在清代总计26800多名进士中，排名前四的省份及其中举人数分别如下：

江苏2933人，浙江2803人，河北2707人，山东2249人。

两个南方省，两个北方省，是不是比明代前四都是南方省看起来舒服一点？

因为进士名额基本是按省分配，这个时候单凭一个省的进士数来判定这个省的人能不能考已经不太准确。更为准确的数据要看巍科人物的分布。

从理论上讲，殿试的名次是中举者完全自由竞争后分出高下的，这才能代表全国的水平。

清代产生巍科人物539人，排名前四的省份及其人数分别如下：

江苏169人，浙江125人，安徽41人，河北38人。

可以看出，无论是进士人数，还是巍科人物，江苏人都是当之无愧的全国"考霸"。清代114个状元中，有24个苏州人，占比超过总人数的五分之一。

江苏和浙江这两个最典型的江南省份，清代一共出了69个状元（江苏49个，浙江20个），占了全国状元数的一半多。

江苏和浙江两省为什么能在最后一个科举朝代独占鳌头？

说起来，科举在清代已经进入了拼资本的阶段——拼经济资本、拼文化资本。

经济发达的江南地区有能力搞文化建设，形成良好的教育氛围。

就单个家庭而言，也相对更有钱给孩子多读书、多买书、多请名师，再不济也有家族互助组织帮忙，上义学，筹路费。

学者沈登苗说："在科举时代，是否有真正的资格应试，主要取决于父、祖辈的经济条件；能否在场屋中胜出，大多靠的是本人的禀赋与后天的努力。实力——经济实力与自身智力决定人们在科举道路上能走多远。"

事实证明，越到帝国晚期，阶层流动的大门关得越紧。

宋代超过一半进士出身平民，明代这一数据下降至47%，清代继续下降至37%。到了晚清，进士基本被官宦子弟垄断了。

5. 千年变迁

帝制时代，科举实行了一千三百年左右。每个时代，最能考的人都来自不同省份。

唐代：陕西人。

宋代：福建人。

明代：浙江人。

清代：江苏人。

唐宋之际，进士人数有一个南北易位的过程，此后，北方人再也撼动不了南方人在科举上的地位了。

历史上考试最强的南方三省恰好集中于东南沿海，且随着时间的推移，有一个由南往北越来越强的过程。

就历史进程而言，除了个人努力，每个时代，科举的终极决定力量也不一样。

唐代：陕西人胜出，主要靠地理区位和政治优势。

宋代：福建人胜出，主要是赶上北方普遍沦陷和科举平民时代的到来。

明、清两代：浙江人和江苏人胜出，主要靠经济资本和文化资本。

可见，影响科举的主要因素中，政治因素有一个由强到弱的过程，与此相反，经济因素则有一个由弱到强的过程。

在宋、明两代，尤其明初的一百年，江西科举有过闪耀全国的表现。这得益于北方士人南迁，江西靠近水路和中国相对中央的位置对他们产生了吸引力，成为其最早的落脚点。

江西由此成为南方一个较早跨入文化发达的省份。

文化南传，由此兴盛。

福建科举在明清之际的相对没落与郑成功长期割据东南沿海，与清政府对抗，导致福建战乱、人口内迁、贸易中断有关。

等到中国统一，东南的贸易中心已南移到了广州。

在拼资本的时代，经济比不上江浙的福建，科举能力自然也就退化了。

科举时代最后的赢家——江苏和浙江两省在经济与文化上的绝对优势地位延续至今。

长三角迄今仍是中国最有活力的经济圈，而这个区域的城市化水平、高等教育水平、经济辐射能力均为全国最强。

从某种程度上讲，这是长三角地区自明代以来重视科举、发展教育的当代福报。

为什么说"再苦不能苦孩子，再穷不能穷教育"，或许这就是最好的答案了。

状元简史
中国南北状元之战

康熙十八年（1679年）的一天，担任清廷翰林院编修的苏州人汪琬与同僚谈起了各自家乡的特产。

正当大家各自夸耀家乡特产的时候，汪琬这位顺治十二年（1655年）的进士缓缓说道："苏州嘛，特产很少，但有一个很特别，那就是状元！"

一语惊四座。

特产是"状元"？在大清朝高级知识分子集结的翰林院里，这句话很是刺耳，可大家仔细一想，又不无道理。

实际上，状元确实是苏州的特产。

从晚唐的869年产生第一位苏州地区的状元，到1905年科举结束，整个苏州地区（苏州、吴县、常熟、吴江、昆山、太仓）共产生了45位状元,数量为中国历史之最。而中国有史记载的科举状元一共600位,苏州一个城市就独占了7.5%,不愧为状元之乡。

1

中国古代哪里出产状元最多?这个问题的背后又隐藏着古代中国的政治经济、人口军事密码,甚至暗藏杀机?

中国古代科举从隋朝开皇年间创立,至清朝光绪三十一年(1905年)废止,历经一千三百多年,共开科取士709次。然而现存史料有据可查的有名有姓的状元仅仅600人(不含武状元),这600人中可以查询到籍贯的仅仅为448人。

如果能穿越,看到清朝的苏州进士汪琬这么"嚣张",唐朝的北方士子们一定会非常不屑,因为在大唐鼎盛时,状元大部分是北方人的囊中物。

根据现有的资料统计,唐朝时,状元郎们的家乡大部分位处黄河中下游的北方各省,那时候,黄河中下游两岸才是中国文风最为鼎盛的地区——现在知道籍贯的68位唐朝状元中,人数排前三名的省份分别是河北(15人)、河南(13人)、陕西(11人)。

从具体数据来分析,在安史之乱爆发前,知道详细籍贯的8位状元中,有7位是北方人。从数据统计来看,唐朝前期状元分布的范围,主要在北方。

但是安史之乱是中国北方文脉衰落的开始。755年安禄山起兵以后,中国的文脉兴旺之地逐渐从黄河中下游地区转移到了长江中下游地区。

安史之乱后，大约从唐武宗会昌年间（841—846年）开始，来自南方的状元人数逐渐增多，在843年至907年唐朝最后的六十四年间，秦岭、淮河以南的南方地区相继出现了11位状元，约占这一时期状元总人数的31.4%。

晚唐时期，就连当时非常偏僻的广西地区都出了2位状元，在中国历史大格局的转变中，南北方文运的扭转、状元分布的颠覆时代即将到来。

2

安史之乱后的两百年间，南方人在科举榜上逐渐崛起，这也让一个人心里非常不爽。

作为北宋华州（今陕西渭南）人，出生在关中地区的寇准一向很看不起南方人。

北宋时期，尽管作为中国古代政治经济的传统核心——关中地区已经逐渐没落，但寇准和他那个时代的人一样，仍然认为关中地区所处的西北地区才是中国真正的王霸之地，"西北，天地之劲方，雄尊而严，故帝王之兴常在西北"。

当时，赵匡胤家族与主要的大臣都是北方人，即使北宋王朝的经济命脉已经开始仰赖江南地区，但在政治上，北宋的政治圈里，大家对于南方人还是很排斥的。

当时作为宰相的寇准甚至公开放话说："南方下国，不宜多冠士。"意思就是，南方是个下等地方，不能让太多人中举、当官。

据说，寇准有一次在看到主考官们集体将当科状元定为南方文士肖贯中时大发雷霆，强行要求他们将状元改成了山东平度人蔡齐。对此，寇准非常得意，逢人便夸口说："又为中原争得一状元！"

由于北方官员集团的集体打击，因此在北宋前期，北宋朝廷中"选用人才多取北人"，南方士大夫大多默默无闻，"沉沦者多"。

安史之乱后，随着大量人口的迁徙南下，秦岭、淮河以南的长江流域地区人口日渐增长，经济蒸蒸日上。

与此相比，北方地区却长期处于战乱之中，深受契丹（辽国）、党项（西夏）、女真（金国）的威胁，军事政治局面的动荡使得经济发展、文化教育开始全面落后南方。

以河北为例，唐朝时，河北产生的状元数高达15人，是唐朝时各省之最。

但是到了北宋时期，作为与契丹、女真人长期对峙的军事前线，河北在北宋时期的状元人数却急剧下滑到只有1人。

尽管有寇准等北方重臣的极力维护，北方士子在科举竞争中的劣势还是开始显现出来。

此时，中国历史的天平已经从北方开始倾斜向了南方。

在人口数量上，唐朝天宝六年（747年），当时的北方户口尚有492万户，南方只有257万户，数量比率为65∶35。

到了北宋元丰三年（1080年），北方户口却减少至459万户，南方户口则增加至830万户，北方与南方的人口比率逆转成了35∶65。

在经济上，北宋的朝廷命脉也主要仰赖着东南一带的财赋供养，北宋时期的名臣包拯就指出："东南上游，财富攸出，乃国家仰足之源，而调度之所也。"

此时，位处长江下游的东南（江南）地区已经成了北宋王朝的经济命脉所在。而经济繁盛的南方地区，文化教育的发展程度也远远超过了北方地区。

北宋时期，位处南方的两浙、两江及福建三个地区，州学普及率均达100%，县学普及率则超过80%。全国高达72%的私人学堂竟然全部集中在这三个地区。政治稳定、经济繁华、文化昌盛的南方为科举上的崛起打下了坚实的基础。

3

在中国古代史上，经济与教育中心从西向东、从北向南的"十"字架迁移趋势非常明显。

在唐宋明清四个朝代中，状元所处省份的前三名，分别是：

唐代为：河北15人，河南13人，陕西11人；

宋代为：浙江24人，河南20人，福建19人；

明代为：浙江19人，江西18人，江苏14人；

清代为：江苏46人，浙江20人，安徽9人。

宋仁宗朝时期（1022—1063年），南北状元人数的大规模逆转开始。当时，北宋共有57名状元有籍贯可查。

在宋仁宗朝代以前的北宋，明确籍贯的27名状元中，南方人仅有

6人，占比21.4%。然而宋仁宗时期开始的30名北宋状元，南方人却高达21人，占比高涨到了70%。

除了状元，在进士数量上，北方人在进士考试争夺战中更是几乎全军覆没。原本在960年至997年间，北方籍进士在全国总额中的占比还能达到28.4%。然而在1101年至1126年间，北方籍进士在全国总额中的占比已经锐减到了0.08%。

这种南北状元数量的逆转和对比日益尖锐化，让作为北宋陕州夏县（今山西夏县）人的司马光很是恼火。为此，司马光与欧阳修狠狠地吵了一架。

当时，北方读书人在科举会试中逐年败北。作为北方人的司马光就向北宋朝廷进谏说，科举考试这种大统考、公开竞争的方式很不公平，北方有的路（相当于今天的省）竟然连一个考中进士的人都没有。所以，科举考试应该按照各个省的户口数量，来平均分配录取名额，实行"逐路（省）录取"，这是中国最早的分省考试制的由来。

然而，作为江西人的欧阳修却很不赞同司马光的说法。为此，他上书跟司马光争论说，科举考试都是匿名考试，中榜后才知道中举人和状元们的籍贯，这种做法"凭才取人、唯才是择"。反正实行的是匿名制的公平竞争，有能者上，按照省份平均配额反倒不公。

在欧阳修看来，在当时的政治和科举考试上，南方人向来就受歧视，如今凭着真才实学开始出人头地，作为北方人的司马光之流就看不顺眼，想来阻挠了，这实在是很不公平。

对于欧阳修的观点，同样是江西人的王安石也非常赞同。所以，在王安石主持变法时期，北宋的科举考试仍然沿袭了全国各路公平统考的做法。

在今天看来，尽管司马光提倡的"分省录取"制有私心，但确实反映了当时北方地区在经济文化上相对南方比较衰落的现象。

但是，"分省录取"制也有着"补偿性正义原则"的因素，不能说全然没有道理，这就好比今天高考要照顾西部地区的考生一样。

而欧阳修的意见也不无道理，公平竞争符合"程序性正义原则"，也有利于国家对人才的最优化选择。

决定政策走向的是政治斗争的胜利者。

王安石变法失败后，反对变法的司马光重新上位，并将北宋的科举录取制度调整为初始化的"逐路取人"（分省录取）制，即作为北方地区的齐、鲁、河朔诸路可以与南方的东南诸路分开考试，并平均分配，从而保障北方地区的进士录取名额。

在进士考试中，可以受到名额保障的照顾，但到了皇帝亲自主持的殿试环节，状元录取就不分地域和籍贯了，南方人的聪明才学就凸显出来了，对此司马光曾经恨恨地说："闽人狡险，楚人轻易！"

言下之意是，南方人都很狡诈，统统都不可靠。

在司马光看来，不仅是欧阳修、王安石这些江西人让他不痛快，所有的南方人都不是什么好人，都很"狡猾阴险"。

伴随着政治争论，南北地区的文化教育差距也越来越大。

后世扬名的唐宋八大家（唐代韩愈、柳宗元；宋代苏轼、苏洵、苏辙、王安石、曾巩、欧阳修）中，除了韩愈（今河南孟州人）、柳宗元（今山西运城人）两位唐朝名家是北方人，宋代的苏洵、苏轼、苏辙父子三个人是今天的四川眉山人，王安石是江西抚州人，曾巩是江西南丰人，欧阳修是江西吉安人。

可以说，唐宋八大家的籍贯所在地，也反映出从宋朝开始，南方文化水平开始遥遥领先北方。

在现在可以考据籍贯的北宋进士9630人中，其中南方诸路为9164人，占总人数比高达95.2%；北方诸路仅为466人，占总人数比仅为4.8%。

从北宋中后期开始，北方地区在文化教育、科举成绩上的全面落后于南方的情况愈发严重。

4

科举考试与状元分布这种严重的失衡状态，最终酿成了一起超级命案。

明朝洪武三十年（1397年）三月，这一年的科举会试结果公布后，北方的学子们立马炸开了锅。

原来，这次科举考试录取的状元陈䢺是闽县（今福建闽侯）人，榜眼尹昌隆是江西泰和人，探花刘仕谔是浙江山阴人，而其他49名进士也全部是南方人。

对此，北方士子们非常愤怒，认为是主考官、湖南茶陵人刘三吾作弊偏袒、荫护南方人。

事情闹大了，于是朱元璋便下令，派前科状元张信等翰林院的高才成立联合调查组重新进行评卷,结果张信等人调查来调查去,都认为刘三吾等人的评卷很公平,录取结果不存在什么问题。

对于张信等人的这个复查结果,朱元璋很不满意。

原来,在朱元璋看来,当时北方地区经过女真人(金国)、党项人(西夏)和蒙古人(元朝)等少数民族政权统治,历时两百多年才被明朝这一汉人政权收复,所以此时北方的人心不稳,对于当时明朝——这个位处南京的"南方政权"有的还心存疑虑,虽然刘三吾等人的评卷很可能是公平的,却违反了中央收买北方士子人心的这一"政治正确"原则。

在朱元璋看来,如果不"均衡性"地照顾一下北方的读书人,那么明朝这个当时的"南方政权"是难以有效收买北方人心的,不利于国家的长治久安。

在此情况下,最终,朱元璋下令,将新科状元、福建人陈䢿,以及复审官员、前科状元张信等二十多人分别处死,而主考官刘三吾由于当时已经八十五岁,得以逃过一死,被革职充军处理。

因此,陈䢿、张信这两位朱元璋时期的新老科魁也成了历史上死得最冤的状元。

处死陈䢿、张信等状元和南方士子后,明朝洪武三十年(1397年)五月,朱元璋又宣布重新进行科举考试。

这一次,朱元璋自己亲自阅卷,并将全部61个进士名额都分给了北方人。同年六月,朱元璋自己主持殿试,专门录取了山东人韩克忠为状元,以笼络北方士子。

这起惨案发生后,后世将当年的第一榜称为南榜,而将第二榜称为北榜,这也就是历史上著名的"南北榜案"。

5

朱元璋死后，到了明宣宗宣德二年（1427年），明朝开始实行南北中卷制度，即将全国的科举考试划分为南区、北区和中区，分地区录取学子。

到了清朝顺治年间，清廷将中卷并入南、北卷，开始实行南北卷制度。

康熙五十一年（1712年），南北卷制度最终被废除，开始实行了分省录取制度。

尽管明清时期实行南北卷制度和分省录取制度，但是在排定进士名次的殿试环节仍然是公平竞争，在此情况下，南方士子的科考能力也得到了充分展现。

在明朝有籍贯可考的89位状元中，人数最多的省份仍然位处南方，分别是浙江（19人）、江西（18人）、江苏（14人）。

到了清代，长江中下游的东南地区更是进一步崛起，在清代114位状元中，江苏占了46人、浙江20人、安徽9人。

明、清两代，北方地区被彻底挤出了状元三甲地区。

这种状元集中的趋势在东南地区更明显。

历数中国古代448名有籍贯可查的状元，出状元最多的是江苏（76人），其次是浙江（64人）——仅仅江苏、浙江两地的状元就达到了140人，占总人数比率高达31.25%，对此，民间有一个说法是：天下英才尽出东南。

由于北方的状元实在太少了，乾隆二十六年（1761年），当看到阅卷大臣进呈的前十名试卷中，只有一个陕西人王杰，而且还排在第三时，乾隆皇帝感慨万千，特地将王杰从第三名提拔为第一名，以此照顾一下北方的读书人。王杰也因此成了清朝时期，陕西全省乃至整个西北地区唯一的状元。

1904年7月，中国科举史上最后一次殿试在北京举行，在经过一番考评后，主考大臣将最终结果呈递给了慈禧做"钦定"。

当时，清廷内外交困，正准备做七十大寿的慈禧希望从科举中得到一点吉利兆头。没想到一翻开主考官们定为头名的试卷，竟然是广东清远人朱汝珍，一想到被自己下令推落井中溺死的珍妃，再加上广东又出了洪秀全、康有为、梁启超、孙中山这些"逆匪"，慈禧心中非常恼怒，立马就否决了朱汝珍的状元称号。

接着，慈禧又看了第二名的试卷，这个人是直隶（今河北）肃宁人刘春霖。当时，北京一带正闹干旱，刘春霖的名字非常吉祥，加上慈禧觉得刘春霖是肃宁人，肃宁这个名字有天下太平之意。于是，凤颜大悦的慈禧立马就将刘春霖从第二名调整成第一名状元。

广东人朱汝珍则因此与状元擦肩而过，成了中国科举史上的末代榜眼。河北人刘春霖则成了中国历史上的最后一位状元。

至此，中国的南北状元之争终于落下帷幕。

人口争夺简史
古代中国抢人大混战

在街亭惨败之后,蜀汉建兴六年(228年),第一次出师北伐的诸葛亮不得已仓皇撤兵。

临撤退前,他下了一个命令:将西县一千多户人家强行迁徙进入蜀汉控制下的陕西汉中。

诸葛亮的目的很简单:抢人。

因为对蜀国来说,人,实在太重要了。

1

从古至今,人口与土地都是立国的根本。

早在西汉平帝元始二年（2年），汉帝国人口就已经达到了5767万人。

到了东汉，虽然国力有所减退，但东汉永寿三年（157年），汉帝国人口也有5648万人，与西汉鼎盛时期大抵相当。

但是经历东汉末年长达几十年的大规模战乱、疾病、瘟疫、饥荒后，到了诸葛亮北伐的三国时期，中国官方能够掌控的人口，已经从巅峰时期的5000多万下降到了700多万。

当时，曹魏的总人口约为445万人，蜀汉的总人口约为94万人，东吴的总人口约为210万人。

人口的多少与国土面积的大小，是关系国力强弱和战争胜负的根本。

诸葛亮北伐的重要目的除了开疆拓土、光复大汉帝国外，还有一项重要任务，那就是掠夺魏国的人口。

当时，一度是西汉帝国最为繁盛的关中平原，此时已是"无复人迹"。作为东汉核心的洛阳一带更是"死者不可胜计"。而在黄河下游的华北平原一带则是"墟邑无复行人"。

作为"建安七子"之一的王粲对于东汉末年这种人口稀缺惨状的描述很是直接："出门无所见，白骨蔽平原。"

在后来的三国争战中，由于蜀汉面积最小、人口最少。所以，对诸葛亮和他的继任者姜维来说，掠夺、增加人口一直是他们最为重要的任务之一。

蜀汉延熙十七年（254年），姜维再次出征陇西失利后，在回军的过程中："拔（魏国）狄道、河关、临洮三县民，居于（四川）绵竹、繁县。"

这种"拔"其实就是强行将魏国的人口迁徙进入蜀国,以此来补充蜀国人力,保证兵源、税源和农耕人口,以及扩大蜀国的人力资源。

2

为了躲避战争,东汉末年,大量人口从中原地区向江南、荆州、益州(今四川及四川与云南、贵州部分交界地区),乃至幽州(今北京、河北北部及辽宁一带)、鲜卑境内迁徙。

当时,张鲁控制下的陕西汉中一带由于相对安宁,北方流民涌入,人口一度高达50多万。

要知道,汉末人口总数锐减到不足千万。50万人,在一个人口就是资源和兵源的战争年代,对各路争雄的军阀来说,这是一个何等诱人的数字。

所以,曹操几乎是倾尽全力进攻汉中。

这一方面是因为争夺汉中极为庞大的人口资源;另一方面则是因为汉中地处关中平原和四川的中部,只有夺下汉中,才能抑制刘备的对外扩张。

为此,从建安二十年(215年)至建安二十四年(219年),曹操与刘备在汉中地区进行了一场近四年的汉中争夺战。

最终,刘备赢得了这场战争,控制了汉中。在此过程中,不甘心受挫的曹操则一步步掠夺汉中境内的人口。

建安二十年,曹操举兵攻下汉中后,一度进入巴东、巴西郡,并强行迁徙了当地8万多人移居到河南洛阳、河北邺城一带，以补充久经战乱后中原地区稀少的人口。

平定张鲁后，曹操又下令将汉中地区的几万户居民强行迁徙到陕西的关中地区。

建安二十四年（219年），曹操在汉中争夺战中失败后，临撤退前，又将甘肃武都一带的5万多户氐人强行迁徙到自己控制范围内的扶风、天水两郡，以此加强自己的人口实力。

所以，一部三国史的核心，其实是对人口的掠夺与控制。

3

跟曹操和刘备一样，孙权也很注重对人口的掠夺。

汉末天下大乱，人口锐减，偏安江左的孙权很早就认识到了掠夺人口的重要性。

建安十二年（207年），孙权直接发兵攻打占据荆州的刘表的部将黄祖，"虏其人民而还"。

建安十三年（208年），孙权又派兵追杀黄祖，"虏其男女数万口"。

建安十九年（214年），孙权亲征皖城，"获庐江太守朱光及参军董和，男女数万口"。

此后一直到晋武帝泰始年间（265—274年），东吴仍然不断派兵进入司马氏的晋国境内掠夺人口，"吴人寇弋阳、江夏，略户口"。

除了注重掠夺刘表、曹魏、司马氏等邻近各路军阀治下的汉族人口，孙权还非常注重少数民族。东吴征服了散居在今天的苏南、安徽南部、浙江、江西等几个省山区的山越族人后，将其从山地迁徙到平原耕种，总数有10万多人。

在北方长期战乱、中原地区大量士民不断南迁的背景下，曹操对于孙权治下人口实力的不断壮大感到非常焦虑。

建安十四年（209年），曹操想将跟吴国毗邻的淮南一带的人口迁徙到自己治下的河南地区进行屯垦。

消息传出后，江淮地区的老百姓吓得要命，于是"江淮间十余万众，皆惊走吴"。

建安十八年（213年），曹操又担心"江滨郡县为（孙）权所（攻）略"，于是又想到将江淮地区剩余的居民迁徙到北方。

结果又是适得其反，以致江淮地区"民转皆相惊，自庐江、九江、蕲春、广陵户十余万皆东渡江（入吴），江西遂空，合肥以南，惟有皖城"。

十多万户人家南迁东吴，数量达几十万人，放诸当时全国仅有七百多万人口的大背景来看，这无疑是对曹操的一次重击。而东吴则由此巩固了与曹家争霸的实力。

213年，当五十八岁的曹操与三十一岁的孙权就江淮地区争战不绝的时候，面对江淮地区大量人口南奔东吴，孙权实力不断增长的局面，曹操非常感慨地说了一句话："生子当如孙仲谋！"

曹操的这句话在历史上非常有名。但很少有人会想到，曹操说这句话的语境是与孙权的人口争夺战。

4

可以说，没有人，帝国就如风中的草芥，岌岌可危。

对于这一点，大唐帝国就有痛彻心扉的体验。

唐玄宗天宝十三年（754年），大唐进入人口巅峰盛世。这一年，大唐官方统计的全国人口总数达到了约891万户，共约5292万人。

但安史之乱后，建中元年（780年），中央能控制的两税户从巅峰时期的891万户锐减到了380万户。到了元和二年（807年），唐王朝中央能控制的供税户更是锐减到了244万户。

这是由于大规模战乱后的人口锐减、人口南迁，加上藩镇割据，各路军阀故意隐匿户口不上报唐朝中央，将地方人口据为己有造成的。当时，仅仅黄河流域就有多达71个州和藩镇故意不上报户口。

户口锐减，税源和兵源不断衰退，这也是导致唐朝中央实力不断衰弱，最终趋于灭亡的重要原因。

在战争之中，不仅仅要笼络人心，笼聚人口也是核心要务。

1127年靖康之变，北宋灭亡后，北方人口大量迁到南方定居。1161年，金主完颜亮征兵南侵，南宋政府抓住北方动荡的有利时机，向北方居民抛出橄榄枝，吸引他们不断南下。

在南宋政府的主动吸引下，当时两浙地区的人口"四方之民云集……百倍常时"。

此外，南宋境内的江西、湖南、福建、广东等地人口也不断增长。

进入13世纪初期，尽管南宋北方国土大量沦陷，但境内人口仍然增长至大约8500万人，金国人口却只有约5600万人。

因此，尽管国土面积大规模萎缩，但南宋却凭借着不断增长的人口实力，与女真人和蒙古人进行了长达一百多年的对峙和战争。

这背后彰显的正是靖康之变后，南方人口大量增加所带来的国力增长。

5

放诸任何朝代，人都是一切的根本，即使是最低级的强盗，也懂得"抢钱、抢粮、抢人"的道理。

乾隆二十三年（1758年），在康熙、雍正、乾隆祖孙三代数十年的努力后，新疆终于平定，乾隆皇帝与他的臣子们就是否移民驻守新疆展开了一场讨论。

不少朝臣认为，包括新疆在内的西域地区距离中原太过遥远，自汉代以来，历代中央王朝一直无法对其进行持续有效管理，所以与其劳民伤财驻守，不如撤兵回师。而且在乾隆二十五年（1760年）的廷试中，有新科进士更是直接指责"古之屯田为劳民"。

对此，乾隆充分显示了自己的远见卓识。

乾隆说，新疆具有"东捍长城，北蔽蒙古，南连卫藏，西依葱岭（帕米尔高原），以为固居神州大陆之脊，势若高屋之建瓴，得之则足以屏卫中国，巩我藩篱，不得则关陇隘其封，河湟失其险，一举足而中原为之动摇"的重要战略地位。

"今办理（移民）屯种，亦只因地制宜之举。而无识者又疑劳民，朕实不解，且付之不必解，而天下后世，自有公论耳。"

于是，在乾隆"移民实塞下"的政策坚持下，清廷开始了向新疆地区的大规模移民动员。

当时，在经历与蒙古准噶尔部的长期战争、阿睦尔撒纳以及大小和卓叛乱后，蒙古准噶尔部落几乎被扫荡一空，北疆地区人口锐减，这也为重构新疆的人口组成提供了千载难逢的机遇。

尽管蒙古准噶尔部落已经被击灭，但沙俄却一直对新疆虎视眈眈，甚至一度收留叛变的阿睦尔撒纳，一直到其因为天花身亡后，才将其尸体转交给了清军。

鉴于新疆本地复杂的民族构成和沙俄不断南下的威胁，所以乾隆开始了向新疆地区的大移民。

到乾隆四十二年（1777年），乌鲁木齐一带以汉族为主体的人口已经接近20万人之众，到了嘉庆十三年（1808年），乌鲁木齐地区的人口更是超过了33万人。

在移民政策的鼓励下，到道光六年（1826年），不计屯兵，北疆地区仅仅农业人口就达到了47万人。

这些以汉人为主体的新型移民为北疆地区的农业开发、粮食供应和屯军稳定做出了巨大贡献。

在大量汉人移民的推动下，北疆地区以乌鲁木齐、伊犁、奇台、哈密为代表的城市逐渐发展起来。时人描述："（乌鲁木齐等地）地广粮贱，谋生甚易，故各地民人相率而来，日益辏集……商贾毕集。"

自汉代以来一直难以驻守的新疆地区，由于大量汉族移民的进入，开始真正被纳入中央王朝实际控制中。

6

但有移民，就有反移民。人口构成的争夺战是一场永恒的战争。

1864年，新疆爆发民乱，库车、和阗、喀什、吐鲁番等地先后建立了地方割据政权。此时，中亚的浩罕汗国也趁机派兵入侵新疆。

1865年，在浩罕汗国指使下的阿古柏在新疆扶持建立了"哲德沙尔汗国"，逐步侵占了天山南部的整个南疆地区，并向北疆不断侵略扩张。

当时，经乾隆、嘉庆、道光、咸丰等历代近百年发展后，南北疆以汉人、满人、东归的蒙古土尔扈特人等为主体的北疆人口加速增长。

对此，叛乱者也将汉人、满人、蒙古土尔扈特人等视为"异教徒"进行大规模屠杀。据同治年间到过北疆的美国人斯凯勒说，乌鲁木齐约有13万满、汉人民被杀，奇台县、阜康城、呼图壁、绥来等处汉人死散，"靡有孑遗"。

在阿古柏等人的鼓动下，仅仅和田地区就有4万多不愿信教的汉族军民被杀。在大规模的屠杀和驱赶下，1864—1887年，乌鲁木齐、巴里坤地区的人口从34万人剧减到了10万人，其中北疆地区"户口伤亡最多，汉民被祸尤酷"。

1871年，就在阿古柏几乎控制整个新疆的同时，沙俄也趁机侵占伊犁。此前，在第二次鸦片战争后，沙俄通过胁迫清廷签订《中俄北京条约》和《中俄勘分西北界约记》，先是强行割占中国斋桑湖至特穆尔图淖尔（伊塞克湖）以西四十四万平方公里领土。十多年后，趁着阿古柏之乱，沙俄势力趁势侵入了新疆。

当时，沙俄在远东地区人口稀少，为了达到长期控制中亚和新疆的目的，其在中国新疆地区也开始了人口掠夺，在出兵侵占伊犁以后，沙俄政府在伊犁设立机构，专门负责迁移中国人口加入沙俄国籍，目的就是将新疆地区的人口掠夺为沙俄所有。

1876年，左宗棠派兵出征新疆，并最终在1878年平定阿古柏之乱，收复了除伊犁以外的其他新疆领土。此时，沙俄已经在新疆地区掳掠了10多万中国人，强迫他们加入了沙俄国籍。对此左宗棠不依不饶，坚持出兵进逼伊犁，不惜与沙俄一战。

1881年，在左宗棠的军力支持下，沙俄与清廷谈判达成一致，沙俄趁机割走伊犁霍尔果斯河以西领土，但清廷也得以收回伊犁九城及特克斯一带地方。

然而，1864年开始的这场动乱，使北疆地区汉族为主体的移民几乎死伤逃亡殆尽。以北疆塔尔巴哈台为例，在左宗棠收复新疆后，该地区汉民仅剩下141户。

至此，从乾隆帝1758年平定新疆以来，清廷在北疆发展一百多年的移民成果几乎被扫荡一空。

此后，清廷再次在北疆地区恢复屯垦，并招徕流民前往北疆耕种定居，由此北疆的汉族人口才开始缓慢增长。

一直到1909年，北疆地区人口才缓慢恢复至20多万人。而原本早在1826年时，北疆人口就已近50万人。

清廷再次招徕汉人进入北疆，尽管人口增长速度缓慢，但仍然在人口构成上稳固了北疆。

所以，纵观史事，假若没有人口的依托和存在，一切国势和领土势必无所依托，因为皮之不存，毛将焉附？

三国、唐宋和晚清的史事，于内于外，或许就是最好的鉴证。

人口，才是终极的战斗力。

孤儿院简史
弃婴收留机构的变迁

1082年的一天,一个名叫王天麟的人从鄂州渡江到黄州去拜访他的朋友苏轼。

朋友相见,理应相谈甚欢。但聊完天,苏轼的心情却变得十分沉重,久久不能平静。

第二天,苏轼急匆匆地提笔写信,火速寄给鄂州地方官朱寿昌。在信中,苏轼提及了从王天麟那儿听来的鄂州见闻:宋人弃子、溺婴之弊。

据王天麟所言,岳州、鄂州两地间的乡村百姓通常只养二男一女,一旦家中婴孩超过这一数量,便要杀婴,尤其杀女婴。他们杀婴,多数是将婴孩死死按入冷水盆之中,待几声呻吟过后,这个"麻烦"便解决掉了。

其中有一个姓石的贫农已经杀了两个婴儿。一年夏天，他的妻子竟然生下了四胞胎。这让他难以承受，所以亲手把妻子和婴儿都杀了。

苏轼认为，这样没有人性的溺婴暴行应当予以遏制。这也是苏轼给朱寿昌写信的原因：希望他能将"故杀子孙，徒二年"的法律规定切实推行到鄂州各县之中，警醒百姓杀婴是要被判刑的。

苏轼所讲的"生子不举"（生了孩子不养育）现象早在先秦的贫苦家庭当中已经出现。只是，这一问题在宋代尤其突出。

每当饥年，运气好的孩童也许被父母卖到富裕之家当工，运气不好的也许就被随地遗弃，生死由天。可以说，生子不举是宋代最突出的社会和伦理问题。

面对这样的惨况，宋朝统治者提出了不少应对措施，其中包括设立专门的慈幼机构，这些机构相当于现在的孤儿院。

1

先秦最有名的弃婴莫过于周族先祖后稷。

根据史籍记载，后稷是其母亲姜嫄在野外践巨人足迹后怀孕生下的。由于这一经历过于离奇，姜嫄以该婴孩为"不祥"，因此将孩子遗弃在小巷之中。后稷之名"弃"便是这样得来的。

像这种充满神话色彩的"弃婴"传说并非个例，不少厉害人物都有这样的出身传言，如夫余国始祖东明被母亲"捐于猪溷""徙置马栏"，西周徐国第三十二代国君徐偃王同样被母亲"弃于水滨"，殷商名相伊尹则是被采桑女"得婴儿于空桑之中"……

连部族首领都是弃婴，若论至民间，弃婴行为应更为常见。从"弃"字的甲骨文也可以看出，该字最早便是用来形容抛弃婴儿的行为的：双手持箕，把箕中婴儿向外抛出。

为何要弃婴？

部族时代，弃婴应该是物质匮乏的反映。进入王朝时代，政府的苛捐杂税，惨烈的天灾人祸，或者封建迷信的思想，都是致使百姓弃婴的原因。

在艰难的生存环境下，弃婴、杀婴成了一些家庭减小生存压力的出路，于是，孤儿数量攀升。即便贫民坚持下来，没有放弃养育幼儿，也极有可能因为突如其来的变故，使得家中婴孩成为孤儿。

民众弃婴大多属于无奈之举，而这份无奈对社会的稳定发展而言极其不利。因为人口数量的下降将影响国家经济、军事等方面的发展。越王勾践就曾通过善待妇孺、鼓励生育等措施增殖人口，以此增强国力，最终一雪前耻。

自先秦起，弃婴救助就是统治阶级眼里的一项重要任务。长久以来，它都跟养老、扶贫等社会救济问题放在一起讨论。

《周礼》有云："以保息六养万民：一曰慈幼，二曰养老，三曰振穷，四曰恤贫，五曰宽疾，六曰安富。"周朝将"慈幼"放在社会福利救济之首，可见统治阶级对婴儿救助的重视程度。

但从史籍记载来看，从西周至秦汉，官府的慈幼措施主要在于通过政策给予民众育儿补助，或鼓励宗族、乡邻等对孤儿施以援手。

譬如，春秋时期，管仲任齐相时，面向孤儿曾推行过这样的慈幼政策：孤儿归原父母的同乡、熟人或故旧进行抚养。抚养一位孤儿，家中一子可免除征役，以此类推，抚养三位孤儿，就可全家免征。整个过程中，"掌孤"官员必须经常去了解孤儿的饮食饥寒情况。

而在儒家文化的影响下，民间宗族也较为配合官方的慈幼恤孤事业。

慈幼恤孤慢慢变成了一种"官方为主，民间为辅"的发展模式，并一直延续。但几百年来，慈幼恤孤多数停留在官方颁行政策或举办间歇性的济赐救助活动，以及民间的士绅官员、家族团体等发善心进行的就近救济这样的层面上。总体而言，发力零散，效果有限。

为了有序且有效地推进慈幼恤孤事业，专业的救济机构应运而生。目前，收留孤儿的专业慈善机构最早可追溯到南北朝时期。

2

6世纪，南朝梁武帝萧衍出于"孤幼有归，华发不匮"的目的，在京师设立了孤独园，首创具有福利性质的专业机构。孤独园除了收养孤儿，也赡养孤寡老人。

此先例一出，后世便开始办起类似的慈善救助机构。

武则天长安年间，佛风盛行，出现了受官府监督、由寺院经营的悲田院，或称悲田养病坊。

"悲田"一词始于隋朝，取自佛教典故，意为施贫，包括对贫穷孤老乃至动物的布施。佛家有"三福田"之说，即供养父母为恩田、供佛为敬田，而用于施贫的就是悲田。

史载，智亲和尚为隋炀帝杨广受菩萨戒，所获得的施舍多达六十种，其中有悲、敬二田，用于做慈善。

可以说，以往的慈幼恤孤主要以儒家的仁爱观作为思想支撑，而自佛教传入以后，又多了另一股强大的思想力量。

悲田养病坊收容贫困老人、病人、残疾人和孤儿，综合性较强，比孤独园规模大了不少。但后来出现了"悲田"二字被革名的情况。

一切源于"会昌废佛"。

隋唐以来，佛教越发壮大，在唐朝前几代君主的追捧下，更是风头大盛。由于寺庙土地不用纳税，不少人为了逃避赋役而出家为僧。长此以往，便会影响国家收入，引发社会问题。因此，更信奉道教的唐武宗继位后，开始了轰轰烈烈的灭佛运动。

会昌二年（842年）至会昌六年（846年），全国众多佛教寺院被拆，佛像被毁，银两充公，经书四散，僧尼被要求还俗。在这种情况下，由寺院僧侣经营的悲田养病坊便进入了一个无人看管的状态。

直到慈善事业突破性发展的宋代，慈幼恤孤才逐渐从各项慈善救济项目中独立出来，形成专门的慈幼恤孤机构。"孤儿院"的出现使得孤儿救助进一步向规范化、专业化发展。

3

宋朝以文立国，大力发展理学，儒家仁义学说的影响日益加深。

从表面上看，宋朝总是一副歌舞升平的模样，实则暗流汹涌，颇为脆弱。战乱与饥荒致使流民遍地，随之而来的便是孤儿数量的增长，以及杀婴数据的攀升。

起初，宋朝继承唐朝养病坊的做法，在开封设立东、西福田院，同样收容了老幼、乞丐与残疾人。随着饥荒时流民数量的增加，后又增设南、北福田院，四个院子合计可收容1200人左右。

但还是远远不够。

宋徽宗时期，根据先前颁布的《居养法》，在蔡京的倡导下，全国各地涌现出名为居养院的慈善机构，尽量照顾到全国各地的鳏寡孤独贫穷者。

虽然居养院规定可收容之人多达十类，但主要还是养老院和孤儿院的结合体。

宋徽宗在推行《居养法》时，特意规定了"遗弃小儿，乃雇人乳养"，尽量保证孤儿的生活。

后来，政府还将居养院内的"可教导之人"送入小学听读，又或是将部分孩童送入寺院中"养为童行"。

这样一来，慈幼事业便不再局限于保证孤儿的生存，还为孤儿提供了受教育和就业的机会。这是慈幼事业的一大进步，为后世所沿用。

1127年，金灭北宋。长久的战争导致社会动荡不安，百姓流离失所，纷纷南渡，宋高宗赵构重建的南宋政权面临着比以往更加严峻的救济局面。

迁徙过程中，丢儿弃女者甚众，孤儿数量急剧上升。居养院人力有限，终于，慈幼机构从居养院里独立出来。

4

最初，南宋的慈幼机构是从地方发展起来的。

绍兴五年（1135年），南方一带多地设立了举子仓，为产子之家提供钱、米等生活救助，是较早专事慈幼的组织。

隆兴二年（1164年），江南地区歉收导致饥荒，当地贫民为生计所迫，纷纷弃儿于道。此时，吴兴知州郑作肃便设立了钱米所，散养那些被遗弃的孤儿。这可能是中国最早的育婴专门机构。

嘉定十年（1217年），又有一人在慈幼事业上作了重大创举。

时任江东转运副使的真德秀在建康府（今江苏南京）目睹了饥荒之后弃婴遍地的惨状：生活艰难的大人无力抚养年幼的儿女，于是，孩子要么被遗弃在路上，要么死在沟壑之中。

这样的场景触目惊心，让真德秀心生怜悯。

一番思量过后，真德秀做了一个决定——创办慈幼庄。

真德秀所办的慈幼庄，首先，利用没官田产招人租佃的方式获得收入，保证经费源源不断。其次，他详细规定了官员的责任、孤儿的收养办法和收养年限、病葬处理等。这些条约被刻在石碑上，要求后世"永永遵守"。

真德秀在任期间，大力赈灾救荒，慈幼庄便是其中一项举措。在他离任之际，数千名百姓在郊外为他送行。行进途中，他们指着路旁的冢墓，边哭边说："这些都是过去在饥荒里饿死的人啊！如果没有您，我们早已经跟他们一同进入坟墓里边了！"

可见百姓对真德秀感情之深，其功绩之大。

嘉定十二年（1219年），时任湖州通判的袁甫也在湖州设立婴儿局，功能与上述慈幼机构相近。

在地方官员的倡导下，慈幼机构在各地纷纷建立起来，地方的弃婴问题有所改善。

看到地方慈幼机构卓有成效，淳祐七年（1247年），南宋朝廷下令在临安府创立慈幼局，动用中央的力量缓解弃婴问题。

慈幼局由官方支给钱米，聘请贫妇乳养婴儿。若民间有人愿意抱养孤儿为子女，官府每月也会资助钱米，一直持续三年。

十年实践以后，朝廷下令"天下诸州建慈幼局"，将慈幼局模式推行至全国。宋理宗赵昀对慈幼局抱有极大的期待和设想："必使道路无啼饥之童。"

尽管宋代弃婴问题并没有因为慈幼局的设立而根除，但着实有了好转。

而这些早期孤儿院的管理条款和运营方式也为后世慈幼机构的发展提供了良好的参考。

5

元明时期，慈幼事业并没有按照南宋的步伐继续发展，乏善可陈。尽管朱元璋也算是孤儿出身，但他立国以后，对社会上的孤儿并没有特别的关照。

到了明末清初，慈幼事业才再度崛起。首先依靠的依然是地方精英的力量。地方士绅积极参与行善，承担起教化社会的使命。这一时期比较突出的慈幼机构有保婴局、育婴社（育婴堂前身）。

18至19世纪，全国各地的慈幼机构呈井喷式出现，不仅数量多，而且保育理念和质量有了全新的发展。其中最具代表性的机构有育婴堂、保婴会、恤孤局、抚教局等。前两所机构主要关注弃婴救助，而后两所则关注五六岁以上、十六岁以下的流浪儿童救助。

据统计，1724—1796年，全国新增育婴堂约324所。育婴堂之所以能发展起来，得益于它对乳妇的有效管理，通过严苛的管理方式，如规定乳妇不许擅自出堂、家人探望规定时限等，促使乳妇能够全情投入保育工作之中。

保婴会是从乡村地方开始关爱儿童。它们并不亲自养育婴儿，而是给予贫困家庭以补助，五个月后，力劝家庭留下婴儿。这是从源头上预防弃婴的做法。

至于恤孤局和抚教局，则是给孤儿安排教育和就业的，简称"教养兼施"。它们专注给孤儿传授知识和手艺，保证每个孤儿拥有一技之长，能够谋生。这也可以称作"授人以渔"式的救助。资质普通的孩子会安排学习纺花、织布、结网巾、打草鞋、搓麻绳等职业技能，天资聪颖的则会被挑出去读书识字。

在地方精英的强力推进下，自雍正二年（1724年）起，官方对民间慈幼事业的支持力度逐渐加大，慈幼机构以一种蓬勃向上的状态加入国家整体福利政策当中，改善了底层、婴儿的生存环境。

我们从漫长的孤儿命运史中可以看到更为本质的东西：婴孩，国之希望也，每一条生命都不该被轻易放弃。

养老院简史
简说中国古代的养老制度

谁能想到，不可一世的秦王嬴政也会为他母亲的养老问题而犯愁。

自从秦国太后赵姬与情人嫪毐的事情败露后，嬴政就跟他母亲闹僵了。在车裂叛乱的嫪毐，以及扑杀了他与赵姬的两个儿子后，嬴政命人将赵姬迁往秦国旧都雍城软禁，表示断绝母子关系，此生不再相见。

嬴政下令道："如果有人为太后之事进谏，将处以极刑。"结果有27个人因进谏而被处死。

此时，齐国人茅焦冒死谏言："车裂假父（嫪毐），有嫉妒之心；囊扑两弟，有不慈之名；如今把母亲赶走，不给她养老，有不孝之行；处死谏臣，则是桀纣之治。天下人如果知道您的暴行，会对秦国寒心！"

茅焦的一番话打动了嬴政。

也许秦王想起了年幼时与母亲流落赵国的艰难岁月，或是迫于"不孝"恶名的压力，最终将母亲迎回咸阳，赵姬得以安度晚年。

秦汉两朝治国，皆重视孝道。秦法对老年人有特殊优待，不孝者为人不齿，严重的将被处以流刑，"父之不孝子……皆乡里之所以釜鬲者而逐之"。

汉承秦制，"以孝治天下"，重视参与基层管理的"三老五更"（有德才名望的老人），针对老人举办养老礼、乡饮酒礼等敬老活动，但还没有形成一套严格的养老制度，对民间贫困老人的生活保障难以到位。

到魏晋南北朝，中国终于有了正式的"养老院"。

1

关于养老，儒家创始人孔子与学生有过讨论。

言偃曾问孔子，什么是孝？

孔子曰："今之孝者，是谓能养。至于犬马，皆能有养；不敬，何以别乎？"

在孔子看来，所谓的"孝"不仅要养老，还要敬老。

孔子去世后，他的继承者对"孝"的思想不断进行补充发展，将其泛化为一种人生准则，如由孔子与学生曾子对话整理而成的著作《孝经》，以及孟子的名言"老吾老，以及人之老"都体现了孝的观念。

儒家经典《礼记》中出现了关于古代养老院最早的文字记载："有虞氏养国老于上庠，养庶老于下庠。夏后氏养国老于东序，养庶老于西序。殷人养国老于右学，养庶老于左学。周人养国老于东胶，养庶老于虞庠……"

在这段文字中，从上古的有虞氏到西周时期都有相对应的官办养老场所，分别为庠、序、学、胶。这里的"国老"相当于离退休的高级干部、社会知名人士，"庶老"就是一般的退休干部和普通百姓家的年长贤德者等。

相传有虞氏是舜统治的部落，而夏后氏是大禹所在的部落，距今有四千多年历史，但因年代久远，这些传说中的"养老院"尚缺乏史料佐证。

2

目前，有史可证的第一个官办"养老院"是6世纪梁武帝萧衍创办的"孤独园"。

梁武帝本人就是一位长寿的老人，且笃信佛教。

他在位四十八年，四次舍身同泰寺为僧，要群臣筹集巨资为他赎身，还在南方广建寺庙数百所，布施僧尼十余万，给自己加菩萨之号，使王侯子弟皆受佛诫。

这位著名的佛教徒皇帝于521年下诏，建立公办的社会福利院。诏书中说："凡民有单老孤稚不能自存，主者郡县咸加收养，赡给衣食,每令周足,以终其身。"

为此,梁武帝在南梁都城建康(今江苏南京)设置孤独园,既收养无家可归的孤儿,也赡养无人依靠的孤寡老人,若老人在园中去世,还会负责完成他们的葬礼。

梁武帝将这所福利院取名为"孤独园",这出自一个佛教典故。

相传在古波斯国,有一位有名的首富、大善人,名叫须达多,因经常救济一些孤独无依的穷人而被称为"给孤独长者"。

一天,须达多看上了王子的私人园林,便请王子将这座园林卖给他,因为他在外地见到了佛陀,想请佛陀来此讲经说法,并用此地造福一方百姓。

王子对这座园林视若珍宝,舍不得拱手相让,于是给他提出一个苛刻的条件。王子说,如果你能用黄金将整个园林铺满,我就把它让给你。

万万没想到,须达多没有一丝犹豫,立马派人用象群载来无数黄金,开始在园中铺地。

王子被须达多的诚意感动,兑现承诺,将园林让给须达多。从此,这座园林成为当地有名的福利机构,被称为"给孤独园"。

梁武帝受此故事影响,创办了孤独园,但好景不长,梁武帝在位的最后一年犯下了致命错误,那就是因错信降将侯景,导致南梁王朝陷入一场大动乱。

侯景率领叛军攻入建康后,入宫见梁武帝,只见年迈的梁武帝气色不改,仿佛不可侵犯的圣人,就连反复无常的侯景也不敢抬头看他,不由得汗流满面。

之后,梁武帝被侯景软禁,绝粮而死。南梁从此一蹶不振,迅速走向覆灭，孤独园也如昙花一现，很快消失了。

在梁武帝创办孤独园之前，他的远房亲戚、南齐太子萧长懋，创办了中国最早的私营养老机构——六疾馆。

萧长懋是齐武帝萧赜的长子，为人乐善好施，精通经学，提倡孝道。在他短暂的人生中，六疾馆堪称浓墨重彩的一笔。

萧长懋与弟弟萧子良亲自出资，在民间开办六疾馆，专门收养老、弱、病、残等弱势群体，为他们提供基本的生活和医疗保障。

有学者认为，萧长懋兄弟的善举开创了中国历史上私人慈善机构与民办养老机构的先河。

但是，萧长懋是一位英年早逝的悲剧人物。这位才华横溢的皇太子在三十六岁时突发恶疾去世，错过了本可到手的皇位。

3

无论是南齐太子萧长懋创办的六疾馆，还是南梁武帝创立的孤独园，都成为后世传承效仿的榜样。慈善事业薪火相传，传到了隋唐时期。

唐代形成了较为完善的养老院制度，出现了救济贫困老幼的慈善机构悲田养病坊。

唐朝早期的悲田养病坊以寺院为依托，专门收容无家可归的老年乞丐，主要由僧人主持业务。

悲田养病坊不仅为贫苦无依的老人提供食物和住宿，还有专为照顾年迈老人而设的疗病院、为患病老人治病的施药院，这些机构已经有现代养老院的部分功能了。

悲田养病坊由于受到朝廷重视，再加上唐代佛教繁荣，得以迅速发展，遍及各地，经费方面也得到政府扶持。

唐代悲田养病坊的经费来源主要有两类：一类是官办的，由官方直接投资，划拨田产给寺院；另一类是民办的，主要靠寺院自有田产的收入和信众捐款，还有地方政府不定期给予的生活用品、生产工具和粮食等。

从今天的角度来看，这些养老院带着几分"公办民营"或"民办公助"的性质。

中晚唐时期，唐武宗灭佛，天下僧尼大多被勒令还俗，悲田养病坊一时无人主持，但慈善事业没有就此停止。

唐武宗专门为此颁布诏令，规定长安、洛阳两京的悲田养病坊由国家从被没收的寺院田产中拨出款项，作为赈济开支的来源。地方各州府也从财政中拨给本地悲田养病坊一部分田地，以供开支，并由各地长官选派德高望重的老人一名出任"院长"，负责日常事务。

悲田养病坊的慈善措施对后世影响深远。

有一次，宋代大文豪苏轼对家人说："我上可以陪玉皇大帝，下可以陪悲田院乞儿，在我眼中，天下没有一个不是好人。"

苏轼之所以能够平等地看待贫苦人群，一方面出于他洒脱率真的个性，另一方面是因为他本人积德行善，热衷慈善事业。

史载，苏轼在杭州为官时，当地不幸发生瘟疫，苏轼当机立断，拨出公款换成大米救济百姓，并自掏腰包购买药材，请来懂医术的僧人医治患者，创立了我国第一座向民众开放的公办医院——安乐坊。

过往的老弱病残都可以领取苏轼熬制的汤药，"不问老少良贱，各服一大盏"，染病的人得到治疗，也切断了瘟疫的传播途径。

在杭州期间，苏轼还办了一家"养老院"。多年以后，苏轼早已离开杭州，有一位曾受他帮助的朋友，致以银一百五十两、金五两作为酬谢。

苏轼既不愿接受这笔钱，又不好意思拒绝朋友的好意，就把这笔钱转送到杭州用于养老公益，"用以助买田，以养天民之穷者"。

苏轼所处的宋代正是一个养老事业蓬勃发展的时代。

4

北宋初年，宋太宗在位时，有一年天降大雪，这个冬天似乎比以往更冷一些。

宋太宗自己全副武装，身着厚重的衣服躲在宫中，看着近臣一个个缩着手瑟瑟发抖，转念一想，民间的百姓岂非更加难熬？

于是，宋太宗下了一道温暖的诏书，"赐京城高年帛，百岁者一人加赐涂金带"，也就是给京城中高寿的老人发奖金，超过百岁的每人赏赐金腰带，如此也可展现国家的大气与皇帝的仁君形象。

诏书发出后，只见风雪交加，天气越发寒冷，宋太宗看着大殿外漫天飞舞的雪花，当即决定再发一波福利，派人赏京中鳏寡孤独及贫困户一千钱、米炭若干。

宋太宗雪中送炭后，当地孤寡老人得到炭火取暖，总算有了活下去的希望。

后来，宋朝皇帝纷纷效仿宋太宗的做法，每逢冬季，就将官府的柴炭大甩卖，以便贫苦百姓可以买到低价的柴炭，"遇炭贵减价货之，即京师炭价常贱矣"。

在社会养老方面，宋朝的措施也很有力。两宋三百余年间，养老事业达到中国古代的一个历史高峰。

宋朝慈善机构的一大特点是随着各类机构规模数量的增加，分工更加明确，这其中有专门接济贫病孤老的"福田院""居养院"，以收治病患人群为主的"养济院"，以慈幼托孤为主的"举子仓""慈幼局"，埋葬无主尸骨，为家贫无葬地者办丧事的"漏泽园"。

福田院是救助孤寡老人的官方慈善机构，主要分布于京城，共有四院，每处可容纳数百人。

严冬来临后，是福田院最忙的时候。此时，开封府主管福田院的官吏要到大街小巷巡行，找到那些无依无靠或流浪街头的老人，乃至孤儿、饥民等，将其一起收容到福田院居住。

平时，福田院收养的人数有固定限制，但在寒冬或灾荒时，则可以容纳额外的人数。每天，福田院的负责管员需将院中人数与开支上报中书省，获得国库拨给的钱米，直到春暖大地，才让额外收容的人们各自离去。

宋神宗熙宁二年（1069年）冬的一道诏书还原了福田院的工作情况："京城内外，值此寒雪，应老疾孤幼无依乞丐者，令开封府并拘收分擘于四福田院注泊，于见今额定人数外收养……每日特与依额内人例支给与钱养活，无令失所。"

然而，将北宋慈善事业推向顶峰的是一对充满争议的君臣——宋徽宗与蔡京。

北宋的另一类养老院"居养院"创办于宋徽宗年间，蔡京等人将其推广到京西、湖北等地，之后遍布全国各地。

起初，居养院与福田院相似，所针对的老年人主要是"鳏寡孤独贫乏不得自存者"，即孤寡老人、贫困户。

与福田院不同的是，居养院的经费开支不只来自朝廷拨款，还来自政府没收的"绝户者"财产。朝廷将一些无人继承的财产收归国有，用于养老事业，也算是"取之于民，用之于民"。

后来，宋徽宗再将居养院的对象扩大至残疾、患病的老人，只要是生活不能自理的老人，都有机会入住居养院。

院中的每个老人每天可发米一升、钱十文，基本可满足温饱，冬天还发寒衣絮被，作为取暖之用。

古人相信，长寿是福。高寿老者在古代堪称罕见，因此被当作"人瑞"，得到特殊照顾。

大观二年（1108年），荆州枝江县一居养院中，官员发现了一名一百零一岁的老人咸通，得知此事的荆州知府赶紧上报朝廷，请求给予咸通额外资助，每天添加肉事钱和酱菜钱三十文。

宋徽宗听了，龙颜大悦，同意这一请求，并下令全国居养院给予百岁以上老人同样的照顾。

这么看来，宋徽宗与蔡京做了一件大好事。

可是，蔡京执政时的举措虽盘活了北宋的经济，但也埋下了隐患。

宋徽宗在位时，朝廷处处花大钱，仅"花石纲"一项就让东南一带百姓怨声载道，最终失去民心，引发了方腊起义。

而在北宋最后的残梦中，金兵南下，成为宋徽宗的梦魇，东京繁华的终点是靖康之耻的屈辱，那些慈善事业也被人渐渐淡忘。

此外，南宋时还出现了救助与医疗相结合的慈善机构——养济院。

养济院主要分布于临安、建康、绍兴等地。由于南宋初年百姓大规模南迁，南方的主要城市中出现了许多流落街头、无人照看的乞丐。养济院便负责将他们收入其中，并对病患进行医治，为他们煎煮汤药，由僧人、医官与童行（旧指出家入寺观尚未取得度牒的少年）负责操持管理，具体救助标准依旧为"每人每日支米一升，钱十文"。

宋朝的养老事业做得风生水起的同时，却也暴露了许多深刻问题。

这些由国家主管的"养老院"中，有部分失职的官吏，他们或对养老事务漠不关心，或对当拨的钱米不按期拨付，致使贫困老人得不到救济，死于冻饿之中。

南宋高宗年间，户部侍郎王俣在统计养老救济的数据时，发现有"官吏失于措画，宜收而弃，以壮为弱，或减克支散，或虚立人数，如此之类，其弊多端，不可不察"。

这是说，由于部分官吏玩忽职守，许多应该收容的老人被拒之门外，一些可以自食其力的壮年人却占用了他们的名额，有的官吏贪污克扣发给老人的钱粮，还有的为了吃空饷而虚报人数。这么多弊端不可不察。

这是两宋慈善盛世下难以祛除的污点。

与此同时，民间慈善公益蔚然成风，一些奉行"养老慈幼"的慈善机构应运而生，这其中影响最深远的是北宋名相范仲淹开创的范氏义庄。

范仲淹为官，以身作则，一生清廉，到最后也没给子孙留下多少财产，他将朝廷发的高薪厚禄大部分用于了慈善事业。

宋仁宗皇祐年间（1049—1054年），年过花甲的范仲淹拖着病躯来到杭州赴任，他想再为族人做点儿善事，便用自己仅存的家财在家乡苏州吴县购买千亩良田，捐作范氏族人的义庄，并制定了严格的制度，要求自己的子弟不能从义庄获得任何收入或好处。

范氏义庄设有义舍，可以收养无家可归的老人。

范仲淹没有将财产留给儿子，但后世子孙将他的善心世代相传，并不断扩大义庄规模，如明末书画家范仲淹十七世孙范允临为义庄捐助田地一百亩，清雍正年间大同知府范瑶捐田一千亩。直到清末，范氏义庄还有田产五千亩。

范仲淹创设的义庄诠释了什么才是真正不朽的慈善。

作为中国慈善史上的典范，范氏义庄长盛不衰，绵延近一千年。

5

1279年，南宋宰相陆秀夫背着小皇帝赵昺跳海，南宋灭亡，元朝一统天下。

深受中原文化熏陶的元世祖忽必烈昭告天下，要求各地设置"济众院"，继承历代慈善事业，收养鳏寡孤独与残疾不能自养的老人。

南宋朝廷留下的居养院、养济院等被元朝的济众院接收，这也是一项安抚民心的有力措施。

明清时期，除了有以民间"义庄""善堂"等为代表的宗亲养老服务体系，朝廷也承袭唐宋以来的养老院制度，历朝皇帝大都重视敬老养老，并将其作为赢得民心的重要举措。

明朝设立养济院，每逢皇帝继位、大婚、皇子出生等喜事，就会增加收养老人的名额。每月发给米三斗、布一匹，维持老人最低限度的温饱。

有意思的是，由于明朝京师养济院的待遇比各州县更加丰厚，因此京畿附近的孤寡老人往往不远千里跑到北京，使京城养济院的老人数量远超过地方。

有人统计，万历初年，因为明神宗初登大位，北京养济院扩大规模，收容老人1080人，后来皇帝大婚，又增加500人。这其中百岁以上5人、九十五岁以上27名、九十一岁以上52名、八十五岁以上100余人，八十一岁以下的已经不可胜数。

这不是因为当时北京的老人平均寿命高，而是周边的老人为了养老福利，都往帝都跑的缘故。

清朝有一种收养、救济老人的特色机构，被称为"厂局"，直到晚清光绪年间，仅北京一城存在的厂局就有四十八所。

这其中最为著名的是广安门外的普济堂粥厂。

相传，康熙年间，有一年冬天，广安门北极庵的寂容和尚看到门外因冻饿而死在沟壑中的老弱乞丐，心中不忍，化缘购得二十六间房屋，作为孤寡老人的栖身之所，这些屋子就是"普济堂"。

一个名叫王廷献的义士将这事看在眼里，不仅捐出自己的部分家产，还邀集资助人士，每年捐钱、捐粮，没吃的给吃，没穿的给穿。

到康熙四十四年（1705年），顺天府尹将此事上奏皇帝，康熙帝深为感动，亲赐御书"膏泽回春"四字，以作匾额，赐给普济堂。

当时还是雍亲王的胤禛（即后来的雍正皇帝），见父亲如此重视，不敢怠慢，也每年向普济堂赐银一千两，救济无家可归的老弱病残，后来他当上皇帝后，这项费用成为惯例。

嘉庆以后，普济堂由北京顺天府派官吏专门管理，成为官办的慈善机构。

在古代，有一类人虽身处帝国中央，备受皇恩垂泽，却注定没有子孙为他们养老。那就是宦官，即俗称的太监。

按照明清宦官制度，年老体衰的太监必须出宫。可这些太监即便回家也没有宗亲好友能照顾他们，他们净了身，死后不能入祖坟，连个来祭扫的人都没有。

因此，明清时北京有一类专门给退休的太监养老的特殊机构。

年老的太监多退居京城内外的寺庙，由朝廷供给柴米衣物，让他们得以颐养天年。这些寺庙周边也是太监的墓地，地位较高的太监死后可建造碑亭。

北京城历经几百年的历史沧桑，城中出现了一类独特的太监庙，背后隐藏着的便是明清太监的养老文化。

清末太监信修明在《老太监的回忆》中说:"故旧都寺庙,多与太监有关系。"位于北京的八宝山有一座褒忠护国寺,那里曾是太监养老与安葬的地方。

老有所依、安度晚年总归是中华民族数千年来不变的向往。

医院简史
古人看病指南

北宋元祐四年（1089年），苏轼得皇太后高氏赏识，东山再起，出任杭州知府。这是他一生中第二次在杭州做官。

谁知刚一到任，杭州就遭遇了严重的水灾。水灾过后，晚稻刚刚插下，杭州又闹起了旱灾。一涝一旱，当地的米价"噌噌"上涨，百姓的温饱问题很快成了苏轼上任后的大难题。

祸不单行，受旱涝影响，瘟疫在灾后迅速蔓延开来。当地百姓贫病交加，饿殍遍野。一时间，杭州从人间天堂变成了人间炼狱。

苏轼赶紧向朝廷求援，并迅速组织灾后重建团队，赶赴灾区指挥救灾工作。

为了尽最大可能救助没钱看病的底层百姓，防止瘟疫扩散，苏轼自掏腰包，用自己的私财与州府的公帑合资盖了一座临时的"病坊",并交由附近的寺院管理。

按照苏轼的规划,新建的病坊由政府统一出资安排医师坐诊。病人按照病情的轻重缓急,可在病坊中得到对应的免费治疗。同时,病坊还承担受灾地区百姓的粮食救助工作。

经过苏轼的有效治理,杭州的灾情很快得到了控制。而这座病坊在苏轼离任后,仍旧发挥着重要的疾病防治作用,当地人亲切地称之为"安乐坊"。

从后世的眼光来看,苏轼建立安乐坊的善举竟在无意中建成了中国历史上第一家公私合营医院。

1

今天,很多人认为,中国最早的医院出现于西医传入国内之后。诚然,中国现代医院的雏形确实诞生于19世纪,但从历史的角度来看,中国自有的"医疗体系"可以追溯到春秋战国时期的齐国。

当时,齐桓公在管仲的辅佐下,将国家治理得井井有条,国力蒸蒸日上。管仲在大刀阔斧改革的同时,积极推进齐国全民医疗体系的建设。

据先秦著作《管子》记载,管仲在齐国都城临淄设立了官办医院"养病院",免费收治聋盲、喑哑、跛躄、偏枯及精神病等病患者。

管仲这种先进的医疗保障思想很快在各国间推广开来。

借鉴齐国的国民疾病医疗先进经验,远在西边的秦国很快也打出了自己的特色医疗品牌——"疠迁所"。

秦国的医官们以为，疾病的防治不仅在于医有所治，更应该从源头上阻截其传播路径。疠迁所就曾为秦国防治早期麻风病人做出过重要贡献。

麻风病具有一定传染性，患者在发病后会出现皮肤破裂、溃烂，毛发脱落，身体器官移位变形等症状。在古代，麻风病几乎人人闻之色变。

在云梦秦简《封诊式》中记载了一个伍长向官府报告手下有麻风病的案例。官府的医师接到报告后，即刻前往衙门进行现场查验。在判定该名军士为麻风患者后，官府迅即将此人遣送至疠迁所。

在一个诸侯争霸的时代，诸侯王们也关心军队的战斗力，以及军力背后的医疗支撑。

各诸侯国间存在着一条不成文的规定，即双方开战前，需立即征用当地豪强富户家的房子用作临时战地医院，由各国的士大夫家族负责安排士兵看护治疗。

士兵伤病期间，按规定，可在士大夫家免费获得酒肉充饥，补充营养。为了监督士大夫一家严格执行伤兵体能恢复工作，官府还会定期派人员到现场检查指导，直到战争结束。

但凡有士兵在伤愈后悄悄当了逃兵，又或者有部分偷奸耍滑之辈装病跑到士大夫家骗吃骗喝，负责照顾的一方及士兵本人将通通被处以重罪。

可以说，秦国在诸侯国兼并战争中最后胜出，军队医疗保障模式的推行起到了重要作用。

2

秦朝统一天下后，作为最高统治者，秦始皇表现得十分惜命。在他的思想中，个人的长生不老与帝国的长治久安一样重要。

在秦始皇前往泰山封禅后，方士徐福受命率领数千童男童女东渡出海，为皇帝求取长生不老药。海上变数很大，徐福团队第一次出海并没有找到什么仙人神药。

据徐福交代，此次出行，他遇到了海神，并向对方奏报了秦始皇的本意，可是数千童男童女的礼物太薄，实不足以换取尊贵的长生不老灵药。

明眼人可以据此断定，此乃徐福的谎言，可秦始皇却信以为真，再度给予徐福丰厚奖赏，叮嘱对方一定要尽快寻回长生不老之药。

在成功骗取了秦始皇三次信任后，徐福和他麾下的数千童男童女彻底消失。

由于徐福未能达成秦始皇长生不老的愿望，在后来的"焚书坑儒"中，秦始皇专门对医书"手下留情"。或许他希望有医家能从中发现长生不老的秘诀吧。总之，中国的医学传承由此避免了一次毁灭性的打击。

汉承秦制，中央设置了太医令丞，负责统筹推动整个大汉帝国医疗事业的发展建设。

从汉朝开始，官方的医疗体系分别隶属太常和少府统管。在太常之中，被征调上来的御医负责管理每次医生出诊后列的药方，建立档案，并在原有的药方基础上进行药物实验，研制新药方。而少府则专门负责为宫廷贵族进行实际诊断,开列药方,类似后世的侍御医。

由于西汉年间实行的是郡国分封制,各诸侯国也上行下效。为了让自家医生的技术能媲美皇室,诸侯王们也是颇费心血。

汉文帝的侄子济北王刘兴居、淄川王刘贤就曾派遣专人到名医淳于意那里求学针灸和按摩。同时,各王府高薪聘请当世名医,为自家亲属的健康保驾护航。

对于当时鼎鼎有名的医学家淳于意,诸侯王们更是想尽一切办法要收为己用。而淳于意一心想要在医学研究上比肩扁鹊、文挚,压根儿没把诸侯王的邀请当回事。结果诸侯王们蓄意罗织罪名,淳于意被捕下狱。

按照西汉的律法,淳于意之罪应判"肉刑"。淳于意的小女儿淳于缇萦知道父亲被人冤枉,因此以"鸣冤"的方式上书汉文帝,希望以自己入宫为婢的代价来拯救父亲。

女子代父告罪,这在当时引起了极大关注,汉文帝对此也颇为重视。在得知淳于意的医学成就后,汉文帝赦免了淳于意一家,并下旨褒奖淳于缇萦。与此同时,汉文帝废除了肉刑。

虽然西汉的顶级医师们主要服务对象为贵族,但民生医疗仍比先前有了更大进步。

西汉末年,史载某郡国内出现一起因蝗灾引起的瘟疫事件,官方处理的方式是"民疾疫者,舍空邸第,为置医药"。也就是说,西汉为疫症患者安排空房,隔离治疗。

3

汉代的医生可以分为官医和民间医生。

宫廷贵族的日常保健以及刑徒囚犯的健康问题全由官医负责，民间医生则为平民老百姓提供日常治病服务。

然而，这还远远不够。

据王文涛先生统计，两汉时期暴发了约五十次大瘟疫，其中，东汉的疫疾暴发次数远高于西汉。

同时期的著名医学家张仲景曾回忆自己的家族在瘟疫流行时代的遭遇："余宗族素多，向逾二百，建安纪年以来，犹未十稔，其死亡者三分之二，伤寒十居其七。"

疫病的暴发和快速蔓延引起东汉社会的警惕。从官方到民间，大家都努力防备着。

张仲景等人撰写大量外感病防治医学著作，教授百姓切断传染源，妥善处理患者遗体，避免二次传染。而身为统治者的帝王们也常常颁下"罪己诏"，并减免受灾地区赋税。

值得一提的是，东汉的军队首次尝试将疫病防控列入军队常备管理科目中。

延熹五年（162年），东汉名将皇甫规率领大军在甘肃与羌人作战时，因交通闭塞，瘟疫流行，军中将士死伤惨重。为保住战斗力，皇甫规在军中设立"庵庐"作为救助伤病的场所。这是有历史记载以来，中国第一所自带隔离属性的野战军医院。

在皇甫规等将领的监督和管理下，庵庐取得良好的成效，并最终辅助汉军大败来犯之敌。

从汉末经两晋至南北朝，虽然战争持续不断，官方却不敢松懈医疗事业的发展。为了避免疫症的暴发，北魏政府率先为辖下百姓解决了就医难的问题。

据史料记载，470年，北魏献文帝拓跋弘亲自下令："朕思百姓病苦，民多非命……是以广集良医，远采名药，欲以救护兆民。可宣告天下，民有病者，所在官司遣医就家诊视，所需药物，任医量给之。"没钱看病不要紧，北魏政府送医上门。

南北朝时期，僧侣数量已经达到了相当规模。出家人讲究慈悲为怀，且西来僧者多通医术，病人也乐意到寺庙上香求平安。

统治阶层为了显示皇恩浩荡，常给予僧侣诸多土地和福利，久而久之，便形成了庞大的寺院经济。因此，从这一时期开始，寺庙通常具备治病救人的职能，其运作模式类似今天的公益慈善型医院。

在寺院普度众生的同时，南朝官方也不甘落后。在南齐太子萧长懋的主持下，中国历史上第一所官办慈善医院——"六疾馆"正式建立。

与寺院单纯治病不同，六疾馆的馆长萧长懋极重孝道，在治病救人的同时，六疾馆也承担官办养老院的职业。

可惜萧长懋英年早逝，南齐短暂的安民辅世事业后继无人。

4

时间来到了唐朝大一统时代。

朝廷专门设立悲田院收治无钱治病的贫民，并为城中百姓提供养老、临时救助等服务。

悲田院所需初始开支由国家拨付，由僧人统筹管理。作为长期的官营医疗福利机构，悲田院被允许拥有田产，自行生产，维持盈亏平衡。

这种先进的经营理念与中世纪欧洲"拯救灵魂，医疗为辅"的教会医院相比，无疑更具有人性。以今天的眼光来看，悲田院的作用更像社会组织下的慈善医疗救助中心。

但从国家的层面来看，当寺院经济强大后，必然引发更多的人"竭财以赴僧，破产以趋佛"。

社会相对稳定时，倒也不至于让国家经济伤筋动骨。可自安史之乱后，唐朝国力迅猛下跌，藩镇割据，土地四裂。寺院经济的强大已经在一定程度上阻碍了大唐帝国的正常运转。

中晚唐，唐武宗灭佛，天下僧侣被迫还俗，悲田院的业务一度趋于停摆。后在宰相李德裕的一再坚持下，唐武宗下令从被没收的寺院中拨出一部分田产，以田租作为经费设立"别坊"。由各地长官推举一位德高望重的老人担任院长，负责管理原有慈善业务，使民间医疗救助事业脱离宗教的影响。

或许正是借鉴了前人的经验，在杭州救灾的苏轼才想起设置病坊，以解民困。

苏轼的成功最终引起了北宋朝廷的重视。杭州瘟疫结束后，宋朝给这座病坊正式赐名"安济坊"，并将苏轼的救灾经验向全国推广。

事实上，有宋一代，朝廷对贫困人群的医疗救济工作还是十分到位的。

作为一个大宋百姓,从出生到死亡均可享受官方为其量身打造的社会福利。

如针对贫家妇女产子后无力抚养的情况,朝廷出台了"助产令",每产一子,可获补贴银钱四千文。若仍难以抚养,还可至官办"举子仓"中定期领取口粮。万一不幸生了病,平民百姓可到官方设立的"药局""施药局"等抓药治病。

据学者统计,仅北宋一朝,官方颁布的医疗卫生诏令就达两百多条。宋太宗、真宗、仁宗、神宗等皇帝更是身怀绝技,亲自下场替王公大臣们看病,并多次命人收集各朝良方,先后编撰出版《太平圣惠方》《新铸铜人腧穴针灸图经》等经典医学著作。

然而,对宋朝民间医疗事业贡献最大的却是一对君臣组合——宋徽宗和蔡京。

宋徽宗赵佶亲自主持修订旷世医学巨著《政和圣济总录》,该书收集了宋代以前历朝在中医药学等方面研究的重大成果,堪称宋版"本草纲目"。

作为宋徽宗的臣子,蔡京也不甘落后。他将宋朝民间原有的药局及安济坊、漏泽园等全部整合在一个体系内,由政府统一出钱管理,日常所需粮食皆由常平仓供给。

对于像安济坊这种专门为百姓看病的"公立医院",蔡京专门设计了严密的监督和奖惩制度。凡受聘为安济坊医师的,每人发给一本"手历",要求其妥善保管。这本手历除用于记录病人的状况,还可作为每一位医生医术是否高明的评判,并用作医疗事故追责档案。

万一不慎发生医患纠纷,蔡京还为患者提供检举诉讼通道。老百姓可向地方衙门提交诉讼，由衙门会同地方刑狱司处理案件，如遇无法断案者，可报送御史台纠劾。

可惜这对君臣组合并未延续多久，随着金兵南下，很快消逝在历史的长河之中。

5

作为历史上疆域最辽阔的封建王朝，元朝横跨了欧亚大陆，多民族融合让这一时期的民间医疗体系呈现出不一样的特点。

初来乍到的元世祖忽必烈起初在中原沿用了宋朝的卫生医疗机构，在其他占领区则设立广惠司负责看病治疗。

随着蒙古铁骑在欧洲战场上的节节胜利，波斯的花剌子模王朝灭亡，元军的俘虏中出现了许多阿拉伯的技术人才。

此后，元朝开始引入希腊、阿拉伯等西方医术，延请阿拉伯医生，配用"回回药"，在疆土之内设立"回回药院"，为不同地区的贫苦人士提供帮助。

值此中西方医学文化融合之际，有记载称，欧洲人弗兰克·依塞曾于13世纪下半叶在元大都城内开设了第一家"西医医院"。

明清时期，仍旧沿用宋朝的民间医疗保障体系，在地方设立"惠民药局"作为官方唯一的公立医疗保障场所。明太祖朱元璋特别要求，惠民药局需深入乡村一级，做到从根本上解决就医难问题。

但庞大的惠民药局体系如同分布在全国的军事卫所，给养是个大问题。明朝的解决办法是让惠民药局自力更生——通过卖药材实现营收平衡。

必须指出的是，明清时期，各类药材呈现出明显的地域分布不均情况，再加上战争、交通不便、商家哄抬物价等诸多因素，价格波动时有发生。

据《东北三宝经济简史》记载，明初至嘉靖时期，一斤人参的价格仅银一钱五分，到了天启、崇祯年间，人参每斤已需银十六两，北京等地甚至飙升至每斤二十五两。在此情况下，大部分惠民药局处于亏损状态，倒闭只是时间问题。

晚清鸦片战争后，教会医院由沿海逐渐进入内地。如同当年的佛教僧众利用寺院救助百姓一样，西医也在教会、教堂的推广下，为乱世之中的百姓提供一丝生的希望。

不管时代如何变迁，医者父母心，或许有医无类才是历史传承的精髓所在。

首都简史
历史上有多少个"北京"?

中国的历史绵远流长,中原王朝以外,少数民族建立的政权也是多不胜数。只要是在北边的都城,往往会被冠以"北京""北都"之名。

因此,"北京"一词绝不是今天北京市的专利。

在中国,还有好几个"北京"被世人渐渐淡忘在历史长河里。

1

在古代的北方,长安、洛阳和邺城(今河南安阳市北)如同今天"北上广"一样耀眼。其中长安、洛阳罹难多次都浴火重生,唯独邺城再无人记起。

在科学技术落后的古代，地理位置是决定都城位置的关键因素，位于黄河流域的邺城有着天然的优势。

邺城位于漳河岸边，遗址位于今河北省邯郸市临漳县以及河南省安阳市北部，其西面的太行山犹如一道屏障，南面和北面则有"黄河天堑"，使城池的地形形成一个环状的封闭区域，易守难攻，却又依山傍水。

在邺城崛起之前，历朝一般置有东西京、东西都，以便控制东方和西方，不太需要在洛阳再往北设立一个北面的"京"或"都"。

曹魏首行五都制，除了以洛阳为帝都，以另外四城为陪都，邺城在此时成为第一座叫作"北京"的城。

两汉时期，邺城已是河朔地区的中心城市，直至东汉建安晚期，成为曹操重要的据点。

在此可以防御并州、冀州、幽州北部的少数民族，由于其军事重要性，曹操在邺城建立了庞大的宫城建筑。

曹操营建邺城时修建了铜雀、金虎、冰井三台，抒发自己平定四海的雄心壮志，其中铜雀台更是久负盛名。

漳水之畔，三台之上，群贤毕至，三曹、王粲、陈琳等一大批北方文学家欢宴赋诗，书写建安风骨。

有了曹魏建都的铺垫，后赵、前燕、东魏、北齐先后以邺城作为首都。

但在北齐灭亡以后，执掌北周大权的隋文帝杨坚害怕"赵魏之士"在邺城反叛，便下令毁掉了这座古城。

大火焚毁过后，邺城的地位从此一蹶不振。

唐代诗人温庭筠在拜谒建安才子陈琳之墓时曾为邺城的衰落而感叹："石麟埋没藏春草，铜雀荒凉对暮云。莫怪临风倍惆怅，欲将书剑学从军。"

2

西晋的国祚甚短，最后亡于祸起萧墙的八王之乱，多股军事势力趁乱崛起，胡人石勒便是其中重要的一支。

石勒的后赵之所以能够崛起，定都"北京"襄国起了决定性的作用。

襄国，今日的河北省邢台地区，乃中原文化与草原文化的交接点，被誉为黄河以北"第一古城"，有"燕赵第一城"之称。

其实襄国，也是历经商、许、赵、常山、后赵的"五朝古都"。

石勒父祖是草原生活的羯人，这样的身世必然在他心中留下烙印，故而少数民族与汉族交融的地方才是石勒心中理想的都城。

石勒认为，襄国"居四国之冲"，处于幽州大道，交通便利，比战国时期赵国的都城邯郸更适宜作为都城。

他的选择是正确的。

312年，石勒定都襄国，其后仅仅用了四年的时间就占据了东北八州。

襄国除了"依山凭险，形胜之国"天然的军事优势，还具备优越的水利条件，适宜农业发展。

长安被设为西京，洛阳被设为南京，这从历史继承的角度强化了后赵承继自汉魏的正统性，顺带确立了关中和河洛地区的地位。

但在石勒去世以后，后赵的国君石虎把都城迁到邺城，襄国作为"北京"的历史结束，只有短短十四年。

3

石家的后赵灭亡以后，北方被前秦整合，但前秦也是国运短促，不久就亡国了。

今天陕西榆林靖边县北面有一座匈奴人的都城遗址，因其城墙为白色，故被百姓称为白城子。

出身匈奴铁弗部的赫连勃勃自认为是末代匈奴王，在河套平原和鄂尔多斯高原建立"夏"政权，自称大夏天王、大单于。

在南方刘裕带领的北伐军退回南方和留守部队发生内斗之际，赫连勃勃趁机攻下了关中地区并于418年称帝。

赫连勃勃下令将西汉奢延县旧城改建为都城，说："朕方统一天下，君临万邦，可以统万为名。"

他将统万城（遗址在今陕西榆林靖边县）设为"北京"，为了确保关中统治的稳定，又设置长安为"南台"，确立了两都制。

在赫连勃勃从各地掠夺来的战利品的"滋养"之下，统万城一度跻身当时的大都市之列。

统万城的城池规划是按照汉人礼制而成的，也是分为东、西两城，两座城池都建有马面，其中藏有木材作建筑之用。

所谓"马面",是指古代城墙为了加强防御能力,每隔一定的距离就建有突出的矩形墩台,以便防守者从侧面攻击来袭的敌人。

繁华是短暂的,统万城作为都城仅有十五年,胡夏政权的家底就被继任的国王赫连昌败光了。

426年,北魏拓跋焘在统万城大破夏军,并一把火将该城焚毁,在废墟上建立了北魏的军事重镇——统万镇。

今天再想寻梦匈奴,或许只有来到统万夯土遗址,才能得见当年的金戈铁马。

另一座被称为"北京"的名城盛乐,即现在的土城子古城,建城历史也十分久远,史书记载:"汉置成乐县,为定襄郡治,后汉改属云中郡,后废。"

盛乐所在的大黑河流域,其独特的"两山一川一大河"的地理环境,在同类区域中最为出众,这为它的崛起提供了优越的自然条件。

拓跋珪建立的北魏政权在386—398年就定都于盛乐(今内蒙古和林格尔)。

在战胜后燕慕容垂,吞并后燕中山、晋阳的领土后,拓跋珪把都城迁移到位于大同盆地、属于东南季风的尾闾区域的水热条件更为良好的平城(山西大同)。但盛乐依然作为"北都"存在,这样的情况持续了一个世纪。

之后汉化的孝文帝迁往洛阳,然而为了压低平城的政治地位,没有使同时具备东西和南北方向交通线的平城升级为"北京"。

今日的盛乐古城是一座考古文化的宝库,挖掘出三百多座古墓,从春秋至明清时期都有,让我们得以目睹古城当年的风貌。

4

　　汉末乱世之后,零散的小政权如蜀汉、成汉或是"六朝"(吴、晋、宋、齐、梁、陈)都只能偏安一隅,统治区域的限制使得他们压根儿不需要设置多个都城。

　　到了唐代,太原迎来了高光时刻。

　　太原,当时也叫晋阳,是李唐皇室最初起兵的发家之地,也是防范北方游牧民族回纥、突厥的唐朝军事重镇。

　　同时,太原还是女帝武则天的故乡,理所当然受到重视。

　　690年(一说692年),武则天示意将太原由一个普通城府升格为武周北都,之后随着武则天的失势而又失去称号。

　　但唐玄宗在742年将太原定为北京。太原成为当时仅次长安和洛阳的第三大都会,"城周四十里,东西十二里,南北八里二百三十二步",拥有二十四座城门,由中、东、西三座城池组成。

　　之后,唐代宗则改之为北都太原府。

　　五代十国的"唐"政权,即由李存勖建立的后唐,为了显示自己承自李唐的正统性,便将太原府晋阳城作为后唐的北都。

　　历史缘由是影响建都的其中一个因素,另一个关键因素则是太原"表里山河"的地理位置,其所在的山西,东为太行山,西为吕梁山,北有万里长城,南有黄河天堑,位于四塞之中央,非常有利于割据政权的生存。

5

今天，北宋的西京洛阳、东京汴梁都为人熟知，但很多人已经忘记宋朝也有过一个"北京"。

五代十国以后的宋、辽、金三个政权从前朝继承了"四京制"和"五京制"。

只是辽有上京、西京、东京、南京和中京，唯独没有北京。

而因为石敬瑭丢了北方屏障燕云十六州，之后一直没能收复，所以宋朝持续面临着来自北方的威胁。

宋朝为了应对辽国的威胁，只好在今天的河北省大名县这一地区设置大名府，把守护北方的重镇设置在黄河防线以北的大名，号称"北门锁钥"。

大名府地处平原，一望无际，无险可守，像卧牛一样，但宫城、子城、外城的内外三城环套格局非常利于军事防御。

而大名府的城垣遗址也是北宋唯一一处地面可见的遗址，极具考古价值。

现在的大名府故城在河北省大名县城东北大街乡一带，东门口、铁川口（原铁窗口）、南门口、北门口四个村即是北宋大名的主要城门所在。

金灭辽以后，继承了辽代五京制，分别设置了上京会宁府、北京临潢府、南京辽阳府、中京大定府、西京大同府，大体上与辽五京相同。

金初把辽上京改为金朝北京，有着重要的原因。

临潢府位于内蒙古自治区赤峰市巴林左旗林东镇的南郊，是契丹王朝在内蒙古草原上建立的第一座都市。

相传,辽太祖盛赞此地为"负山抱海,龙兴之地",所以"一箭定上京",亲自选择了此处作为都城。

临潢内分为两城,成"日"字状,气势非常雄伟。

金朝之所以将临潢定为北京,也是为了保持对契丹"龙兴之地"的镇服。

金海陵王完颜亮在1153年迁都燕京,这才把金朝的统治中心迁移到关内来,金朝五京也应时局而发生了变化。

金中后期,五京分别变成中都大兴府、东京辽阳府、北京大定府(内蒙古宁城县)、南京开封府、西京大同府。

大定府由中京变为北京,是金朝中后期统治重心整体南移的政治需求。

金朝皇帝把家搬到中都,取"居天下之中号令四方"之意,却抵挡不住北方的军事打击,当蒙古骑兵南下,金朝的五京制也淹没于浩浩汤汤的历史潮流中了。

6

中国现在的首都北京其实已经超过三千岁了。

最初,北京不叫这个名字,其建城史可以追溯到公元前1046年武王伐纣后,周武王之弟召公受封,建立燕国之都的,后来此地更名为幽州、燕京等,还曾经是金的中都大兴府。

1271年,元太祖忽必烈建立元朝,1272年他将中都改名为

"大都"。

据《元史》记载,蒙古贵族巴图鲁曾向忽必烈进谏,言明在此建都大有好处:"幽燕之地,龙蟠虎踞,形势雄伟,南控江淮,北连朔漠。且天子必居中以受四方朝觐,大王果欲经营天下,驻跸之所非燕不可。"

之后,忽必烈听从谋臣刘秉忠"以马上取天下,不可以马上治之"的建议,按汉制建国号、颁章服、举朝仪、定官制,统治宋金故地,放弃了以之前蒙古帝国和林(在今蒙古国境内前杭爱省)为首都的旧制。

明太祖朱元璋灭元后,为了纪念平定战乱、驱逐鞑虏的丰功伟业,将"大都"更名为"北平"。

朱元璋也曾在定都一事上纠结,除了南京,长安、洛阳和北平都是他的候选,四城竞争比申办奥运会还激烈。

朱元璋直截了当地问廷臣们:"建都北平,可以控制胡虏,和南京相比如何?"

当时,翰林院修撰鲍频的观点代表了大多数人的观点:"蒙古人兴盛于漠北,立都于燕,到现在已经百年,王气已尽。咱南京是兴王之地,这儿挺好的,没必要再迁都了。"

但北京还有机会。

等到靖难之役后,明成祖朱棣迁都北平,北京之名终于正式确立。

1928年,北京改名为北平特别市,后改为北平市。

抗日战争后,学者傅斯年提出,战后建都"若照东汉安乐主义的办法,便在南京住下好了;若有西汉开国的魄力,把都城放在边塞上,还是到北平去"。

1949年,历史翻开了新的一页。

北平更名为北京,北京成为中华人民共和国的首都。

这就是中国的"北京",从曹魏邺城的建安风骨到东晋十六国的迭起兴衰,到宋金的血泪彷徨,再到元、明、清的帝国中枢,而今,北京依旧在诉说着一个古老民族的复兴之路。

第二章 生活百态

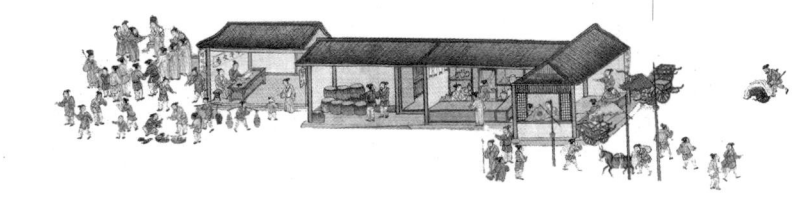

THE VARIOUS SCENE OF LIFE

打工简史
古代牛人求职宝典

有时候，牛人和普通人的活法很相似。

在求职这件事上，春秋时期的管仲曾经屡屡碰壁。

管仲是一个失败的创业者，早年和好朋友鲍叔牙合作经商，最后生意黄了。创业失败后，管仲去当兵，上战场干啥啥不行，逃跑第一名。好友鲍叔牙还帮他辩解，跟别人说，管仲家里有老母需要供养，临阵脱逃不是因为贪生怕死，而是出于孝心。

多年后，管仲总算找到一份好工作，却是昔日死对头齐桓公给的offer（录用信）。

齐桓公还是公子小白时，管仲辅佐齐国国君之位的另一个争夺者——公子纠。为了帮公子纠夺位，他差点儿一箭射死小白。公子小白死里逃生，回到齐国继位后，本来要杀管仲泄愤，却被心腹鲍叔牙劝阻。

鲍叔牙说，管仲有大才，是齐国宰相的不二人选。于是，管仲在颠沛流离大半生后，出任齐国宰相，走上人生巅峰。

自古以来，找工作都是一件难事。有人星夜赶科场，有人亡命走天涯；有人吃苦耐劳，有人投机取巧。不过都是为了衣暖食饱，安放自己的肉体与灵魂，随后才是修身、齐家、治国、平天下。

1

跑招聘、接受心仪老板的面试是古代名人求职的一条路子。

战国时期，北方的燕国一度国力衰微，整天被齐国欺负。燕昭王在位时，一心想振兴燕国，但苦于没有人才。

这时，一个名叫郭隗的智者以"死骨千金"的典故给他提建议，说："大王想得到贤人辅佐，可以先从招纳我郭隗开始，像我这样才疏学浅的人都能得到重用，天下英才必定会闻风而至。"

于是，燕昭王建起一座黄金台，尊郭隗为师，表示礼贤下士，并下诏重金求贤，搞了一场大型"招聘会"。

齐国的阴阳家邹衍、赵国的大将剧辛等列国名人听说燕国待遇好、福利高，先后前来投奔，这其中就有乐毅。

作为精通兵法的将门之后，乐毅在魏国却郁郁不得志，他听说燕王求贤若渴，便跑来面试，碰碰运气。

乐毅来到燕国后，燕昭王再三请求他留下为官。乐毅感到盛情难却，便辞去魏国的职务，在燕国担任亚卿，相当于宰相。

乐毅选择了正确的雇主，后来，正是他率领燕赵楚韩魏五国联军战胜了强大的仇敌——齐国，五年内攻取齐国七十余座城池，只剩下莒、即墨二城没有攻下。

尽管没能攻灭齐国，但燕昭王这场招聘会终究使燕国从衰败中崛起，在战国七雄中站稳了脚跟。

职场中，"骑驴找马"是一个历史悠久的求职战略。汉初三杰之一的韩信是一个典型的例子，而他在离开前任老板项羽后，也是通过新老板刘邦的面试，才得到重用。

韩信初涉职场时寂寂无名，大概就像现在的双非院校毕业生，而且家里还没房没车没存款。

这个遭受友人白眼、得到漂母送饭的青年，在秦末乱世中提着三尺剑，投到项羽之叔项梁帐下，即史书中所载，"及项梁渡淮，信仗剑从之，居戏下，无所知名"。

起义军一路打到了秦都咸阳城，韩信仍是个默默无闻的无名小卒。此时项梁已死，韩信成了项羽的部下。

项羽看在韩信是叔父旧部的面子上，给了他一个"郎中"的职位，让他执戟站岗，当警卫员。

韩信本来想借此机会给项羽出谋划策，从而得到提拔的机会，却在实际工作中发现，这位不可一世的楚霸王傲气十足，根本听不进别人的意见，只好赶紧跳槽跑路。

众所周知，韩信离开项羽后，来到了刘邦麾下。

那时，项羽的势力蒸蒸日上，而不久前刘邦刚被项羽逼迫，放弃关中，受封汉王，退到巴蜀、汉中一带。

在历经坎坷，得到萧何举荐后，韩信终于能跟心仪的老板刘邦面对面交谈。

在这次面试中，刘邦听着眼前这个名不见经传的穷小子侃侃而谈，思索着他提出的统一天下之策，不由得两眼放光，大为欣赏。刘邦意识到，这就是自己苦苦寻求的大将，便不顾全军众将反对，设坛拜将，封韩信为大将军。

从韩信的经历可知，好的面试是成功的一半。

但是，要给老板留下良好的第一印象，还需要练就过硬的本领，就像一个精英人才，没有一两个惊艳众人的毕业设计和项目经验也不好意思拿出手。

汉末时，高卧隆中的诸葛亮是一个面试达人。

客居荆州的刘备为招揽人才，多次登门拜访诸葛亮，直到最后一次才见到诸葛亮的面。

这次会面，刘备有求而来，态度诚恳，请孔明给他出主意，说说如何拯救倾颓的汉室江山。诸葛亮胸有成竹，特意准备了一篇演讲文稿，即著名的《隆中对》。

在《隆中对》中，诸葛亮为刘备提出了一套完整的创业蓝图：先避曹操锋芒，以江东孙权为盟，取荆、益二州，内修政理，待时而动，如此可成就霸业。

刘备听后连连称赞，诚心邀请诸葛亮出山辅佐，担任自己团队的"经理人"。诸葛亮由此初出茅庐，开始了鞠躬尽瘁的后半生。

当时，荆州为士人南下避难之地，不乏出众的谋士，为何刘备偏偏看上了在家种田的诸葛亮？

这就不得不提诸葛亮亲友团给他做的包装，以及找工作的另一个因素——人脉。

2

刘备之所以三顾茅庐，是因为有人帮诸葛亮"内推"，长期在刘备面前宣传造势。

诸葛亮年幼丧父，随叔父南下荆州，定居于隆中。

为了使诸葛家在荆州士人群体中占得一席之地，诸葛亮的姐姐，一个许配给了荆州大户蒯氏，另一个嫁给了荆州名士庞德公的儿子庞山民，而诸葛亮自己娶了另一位名士黄承彦的女儿。黄承彦与荆州牧刘表还是连襟，他的妻子与刘表的后妻是姐妹。

诸葛亮在隆中躬耕陇亩，身份却与荆州上流社会有着紧密的联系。他对自己的才能十分自信，常自比前文提到的名臣管仲、乐毅，从小立志当一流的名相、名将。

四处寄人篱下的刘备到荆州投靠刘表后，不甘心就此沉沦，还想干一番事业，为此常虚心求贤。

当地名士司马徽以善于识人辨才而著称，被称为"水镜"。刘备屯驻新野时特意去拜访他，请他推荐人才。

司马徽的"水镜"名号实际上是诸葛家的亲戚庞德公炒作起来的，他跟诸葛亮也很熟。

刘备一来，司马徽对刘备说："一般的读书人见识浅陋，怎么能认清天下大势呢？只有能认清天下大势的人，才称得上是俊杰。根据我的观察,在这荆州境内,只有诸葛亮和庞统(庞德公侄子)才是精英中的精英、人才中的人才。"

从此,刘备记住了诸葛亮的名字。

诸葛亮的好友徐庶也不忘推荐他。

徐庶到刘备那里应聘,因才能出众而得到重用。刘备问他:"你有没有其他朋友可以推荐?"

徐庶说:"我有个好哥们儿叫诸葛亮,您是否愿意见他?"

刘备大喜过望,说:"那让他和你一起来吧!"

徐庶再度为诸葛亮出场做预热,说:"此人才华横溢,可以相见,但不可怠慢,我认为,还是您屈尊亲访为好。"

刘备一听更急了,赶紧打听诸葛亮的住处,亲自前去拜访,这才有了后来的三顾茅庐。

到了晋代,九品中正制垄断上进之路,将世家大族子弟评为上品,不给寒门子弟出头之日,人脉的价值更加不可估量。

东晋大臣陶侃年轻时家中清贫,在县里当小吏,与母亲相依为命。由于陶侃为人清廉,工作薪水低,一家人过得很拮据。

这天,鄱阳郡名士范逵来到陶侃家做客。陶侃的母亲见家里没有什么好招待客人的,便剪掉自己的长发,到街上换了些酒回来。

古人认为,"身体发肤,受之父母,不敢毁伤",范逵知道陶侃母亲剪发换酒的事后感到十分愧疚。

可陶侃之母让他不要在意,说:"头发剪去可以再长,但朋友失去不可再得。我为我儿能结交你这样的朋友感到高兴。"

吃完饭后,陶侃为范逵送行,一送竟是一百多里地。陶侃与母亲的真诚心意深深打动了范逵,也为本来贫困的一家积累了人脉。

一路上,范逵问陶侃:"你想不想到郡里去做官?"

陶侃如实说道:"当然想,但我在郡里没有什么关系啊。"

范逵说:"你放心,有我在。你们庐江太守张夔是我旧友,他会给我面子的。"

之后,范逵果然向庐江太守张夔举荐陶侃,并盛赞陶侃的美德。张夔得知后,派人请陶侃来郡中任职。

在范逵与张夔等伯乐的推荐下,陶侃逐渐在官场崭露头角,后来为南渡的东晋朝廷建功立业,一度任荆、江二州刺史,都督八州诸军事,名震天下。

3

对那些没有人脉的青年才俊而言,一封漂亮的求职信也能帮助他们在人群中脱颖而出。

唐代科举制中有一个流程叫"觅举",即应试的士子为求举用,奔走于朝中大臣门下,请求得到他们的提携。这一过程中,举子要准备好"求职信",以表现自己的才能。

初唐诗人陈子昂年轻时是科举的常客,从四川老家千里迢迢赶到长安找工作,为求京中权贵举荐,四处登门赠诗献文、投简历,但多次被拒之门外。

陈子昂痛感一身才华无法施展,落第后曾写下"转蓬方不定,落羽自惊弦"的诗句。

相传,一次偶然的机会让陈子昂在京城打响了名声。

有一天,陈子昂看到有人捧一张瑶琴在街上求售,索价昂贵,达官贵人在一旁观看,却没有人买。

此时,陈子昂豪掷千金把琴买下,并对在场的众人说,我生平最擅长鼓琴,诸位如愿听在下演奏,敬请明日到寒舍来。

次日,宾客云集,却见陈子昂捧着新买的琴说:"陈某虽无二谢(谢朓、谢灵运)、渊明之才,也有屈(屈原)贾(贾谊)之志,自蜀至京,携诗文百轴,奔走长安,到处呈献,竟不为人知。弹琴,我虽擅长,恐污尊耳。"

说罢,陈子昂高举瑶琴,一把将其摔碎,转而把自己写的诗文赠给宾客。

在场的达官显贵眼见陈子昂惊人之举,又读了他写的奇诗美文,才知他才华出众,从此争相传诵。

不久后,陈子昂名满京城,求仕之路逐渐平坦。

相比之下,盛唐时期的杜甫就没那么好运了。

唐玄宗天宝年间,杜甫客居长安十年,为求仕而尝尽艰辛。

他受权臣李林甫打压,举进士不中,便以诗文干谒王公大臣,写了多篇求职信,还曾上街卖药,寄食于亲友家,却始终摆脱不了贫困。最后只得到一个勉强糊口的岗位——右卫率府兵曹参军,也就是看守兵甲器杖,管理门禁锁钥的工作。

盛世之下,朝中权贵醉生梦死,忧国忧民的诗人却困守京城十年,过着"有儒愁饿死"的生活,痛诉"朱门酒肉臭,路有冻死骨"

的现实。

等杜甫找到工作回家探亲,发现家中传来哭泣声,这才发现原来小儿子已经饿死了。

大唐诗人们为了找工作,写过不少有名的求职信。

比如杜甫的偶像李白就在《与韩荆州书》中豪情万丈地写道:"生不用封万户侯,但愿一识韩荆州。"

这是李白初见大臣韩朝宗时写的一封自荐书,他在文中赞美韩朝宗识拔人才,又毛遂自荐,介绍自己的才能,希望能得到提拔。

唐代另一份著名的求职信则出自白居易笔下。

年少的白居易进京求取功名,在"觅举"时带着诗文前去干谒文坛前辈顾况,希望对方能够指点自己的作品,写几句推荐语。其实这些诗文就是白居易的求职信。

顾况拿到白居易的诗文后,看了上面的姓名,又瞅了瞅面容憔悴的白居易,略带嘲讽地说了一句:"长安米贵,居大不易。"意思是说,长安物价贵,要留下来可不容易。

可翻开白居易带来的诗卷,顾况一下子就被震惊了。映入其眼帘的第一篇是白居易的代表作《赋得古原草送别》:"离离原上草,一岁一枯荣,野火烧不尽,春风吹又生……"

顾况这才收回自己刚才的话,说你有这一身才干,要在长安定居也很容易啊。

在顾况的赏识下,白居易在京城有了些许名声,之后通过寒窗苦读,总算高中进士,走上大唐政坛。

4

除了为功名疲于奔命的名将才子，古代民间百姓的求职方式也是五花八门。

有学者认为，中国早在两千多年前就已出现雇佣关系。

先秦文献中常见的"佣""流佣""佣赁"等记载的都是受人雇佣、以换取工资的劳动者，堪称中国最古老的打工人。

其中有一类是有技术的小手工业者，叫作散匠，他们常自备简单的生产工具，但没有资本开设作坊，只能携带工具流徙各地跑招聘，找到雇主后为其工作，获得报酬。

还有一类是没有技术、生产工具，单纯出卖劳动力的打工人，比如齐国太子田法章就给人当过用人。

前文提到的乐毅将齐国击垮后，齐国太子田法章出逃，流落民间，隐姓埋名到莒城太史敫家里应聘家庭服务员。

太史家的女儿看田法章长得帅、人品好，不由得芳心暗许，经常与他约会，并偷偷拿衣服、食物给他。

后来齐国策划复国，大臣们才在民间找到这个打工太子，将他拥立为君，是为齐襄王。

齐襄王一直没有忘记这段打工奇遇，将与他私通的太史氏之女立为了王后。

秦末乱世中，不少豪杰给人打过工。

被推举为义军首领的楚怀王后人熊心曾在民间"为人牧羊"；刘邦的好兄弟周勃平时靠编织养蚕的器具维持生活，如果有人办丧事，他就去吹箫奏挽歌；刘邦的"私人司机"夏侯婴早年靠养马为生。

在大泽乡振臂一呼，掀起反秦浪潮的陈胜也打过工。他受雇给人收割谷物，工作后躺在田园中休息，怅然良久，跟工友们感慨道："苟富贵，无相忘。"

直到今日，这句话仍是无数打工人的心声。

唐宋时期，雇佣契约制度逐渐走向成熟，尤其宋代商品经济的冲击加速了农民阶级的分化，越来越多的老百姓到城市中找工作。

北宋都城汴京（今河南开封）最盛时人口达到150万左右，是当时的世界第一大城市，各种行当自由发展，至少有一百六十多行，酒店、香铺、小食店、杂货铺、金银铺等各色商铺馆舍分布于汴水虹桥两岸，聚集了厨子、作匠、织工、用人等各行各业的打工人。

如《东京梦华录》记载，汴京"举目则青楼画阁，绣户珠帘。雕车竞驻于天街，宝马争驰于御路。金翠耀目，罗绮飘香。新声巧笑于柳陌花衢，按管调弦于茶坊酒肆"。

宋代，民间手工业者根据行业不同形成了不同的组织，各行都有"行头""行老"等。

凡是需要雇用工人的老板，只需找行老联系，由行老按匠籍向雇主推荐，雇主和工人双方再签订雇佣契约，写明雇佣期限与工资，类似现在的劳动合同，受雇者与雇主无主仆名分，地位较为平等。

随着我国古代商品经济的进一步发展，催生了所谓的"资本主义萌芽"。

到了明代，《大明律》中第一次出现了"雇工人"一词，将城乡农业、手工业和商业中的雇佣劳动者归入此类，就业市场更加繁荣。

明代文人笔记《西台漫记》记载了江苏一带纺织企业主与产业工人的雇佣关系："我吴市民罔藉田业，大户张机为生，小户趁织为活。每晨起，小户百数人嗷嗷相聚玄庙口听大户呼织，日取分金为饔飧计。大户一日之机不织则束手，小户一日不就人织则腹枵，两者相资为生久矣。"

从这段史料可知，当时，在南方商品经济发达的地区，大户纺织企业主出现"用工荒"时，也会雇用工人（主要为小户的纺织工作者），采取日薪制，顺便解决当地的就业问题。

打工人，打工魂。为了养家糊口，无数人起早贪黑，兢兢业业，自古皆然。

5

古代有"四民"一说，即士、农、工、商。

最初，这四种基本职业大都是世袭的，后来随着社会的发展、王朝的更迭，阶级发生流动，世代相传的职业逐渐变成了"自主择业"。

《列子》中有句话："农赴时，商趋利，工追术，仕逐势，势使然也。然农有水旱，商有得失，工有成败，仕有遇否，命使然也。"

先贤说，农民顺应时令，商人趋求利益，工匠追求技术，官吏追逐权势，可他们是否能够成功还要看命啊。

作为古代文人的一条就业途径，科举考试记录了无数考生的大起大落与悲欢离合。

隋朝为选拔官员而创立了科举制，科举取士历经唐宋时期的发展，到明清时已经成为天下学子的执念，八股文大行其道，"官本位"思想在社会上泛滥。

读书人怀着"书中自有黄金屋，书中自有颜如玉"的美梦，为获得一官半职而一头扎进考试中，有人一考就是一辈子。

晚唐时，书生曹松屡次参加科举都没有及第，一直考到头发花白，垂垂老矣。

唐昭宗天复元年（901年），时年七十一岁的曹松终于上榜，与他同时考中的还有其他四名年逾古稀的老人，时人将这一榜戏称为"五老榜"。

风烛残年的曹松虽然已有了做官的资格，但仅仅被授予校书郎之类的虚职，没两年就病逝了，又过了几年，连唐朝都没了。

据说，宋神宗元丰年间也有一个老书生考了多年，年年落第。

到他年过七旬的时候，总算能参加进士考试了，但因年老体衰，连提笔答题的力气都没有了，只好在考卷上写了一句话："臣老矣，不能为文也，伏愿陛下万岁、万岁、万万岁。"

皇帝得知有个老书生写了这句肉麻的话，不禁感叹读书人的艰难，特意下旨赐予这个老人官员身份，让他得以食俸终身，安度晚年。

即便是高中进士、步入仕途的人，也有各种各样的烦恼，比如晚清名臣曾国藩就长期对自己的科举经历耿耿于怀，引为终身憾事。

曾国藩二十八岁就考中进士，可以说是年轻有为，不用自卑，但他那年考的是第三甲第四十二名，名次并不占优势，若不是太平天国运动给了他立功的机会，可能他终其一生也只是一个平庸的朝廷官员。

同样在平定太平天国时崭露头角的湖南人左宗棠才真正是科举的失意者。

左宗棠九岁能作八股文，十五岁考中秀才，名列第一，二十岁乡试中举，前途一片光明，可在之后三次赴京参加会试时，都名落孙山。

这些挫折让左宗棠放弃科举，"绝意仕进"，从此退居湘江之畔，自号"湘上农人"，靠教书为生。

后来，天下动乱，不惑之年的左宗棠才以幕僚的身份出山，一展抱负，终成晚清名臣。

在为子孙做职业规划时，左宗棠说："读书明理，讲求做人及经世有用之学……不在科名也。"

他将朝廷发的俸禄用于赈灾、筹建船政局、安顿部将亲属，留给子孙的不是高官厚禄，而是清白家风。

他在给儿子的信中说，子孙能像我一样以耕读为业，务本为怀，我就很欣慰了。

说到底，考科举也不过是为了找工作。

什么是好工作？

孔子有一句名言："富而可求也，虽执鞭之士，吾亦为之。如不可求，从吾所好。"

孔夫子用略带幽默的语气说，如果能发家致富，即便是拿鞭子给人驾车之类的工作，我也乐意去做。如果富贵不可求，那我就做自己喜欢的事情。

商贩简史
中国地摊经济前传

距今三千八百多年前,一个河南的"摊贩"到河北做生意,路上被劫了货,甚至不幸丢了性命。

这个人名叫王亥,是商汤的祖先。

从始祖契到商朝建立者汤,商部落历十四世,经八次迁徙,他们长期在部落间做买卖,一说"商人"一词的由来就是源自这些走南闯北的商人。

王亥是商的第七任首领,他驾着马车,载着帛,牵着牛羊,前往黄河北岸的有易(今河北雄县)交易。

《竹书纪年》记载,王亥一路奔波来到河北后,有易氏的首领绵臣见财起意,杀了王亥,抢走货物。

之后,王亥的儿子上甲微起兵讨伐有易氏,为父报仇。一个摆摊血案由此引发了一场大战。

1

从河南偃师市二里头遗址到郑州商城遗址、安阳殷墟，都出土了大量贝币、玉石，留下先周时期人们贸易的痕迹。当时，城邑没有购物中心与超市，在街市上摆摊是最原始也是最常见的交易方式。

随着社会上交易活动频繁活跃，商代已有"日中为市，交易而退"的景象，人们交换来自各地的石器、玉器、铜器、牲畜等商品。

而在这群商代的摊贩中，出现了一位大佬。

《尉缭子》记载："太公望年七十，屠牛朝歌，卖食棘津。"《战国策》也说："太公望，齐之逐夫，朝歌之废屠。"

这是说，周朝开国功臣姜子牙在晚年垂钓渭水之滨邂逅周文王前，曾经做了多年生意，在集市上卖肉卖酒。另外，他还研究治国安邦之道，真是一个念念不忘诗与远方的小摊贩。

武王伐纣后，西周同样重视工商业，并且对工商业进行垄断性经营，由官府设立"工正""工匠"等进行管理，这就是我们所说的"工商食官"。

尽管工商业者在身份上受到严格限制，但西周统治者还是保障了小商小贩的蝇头小利。

据《周礼》记载，周朝时设有固定的交易场所，市易分为早、中、晚三次。其中傍晚时的晚市也被称为"夕市",是小摊贩进行零星售卖的活跃时间。西周还设置了专门监督市场的官吏"司市"。这些人负责维持市场治安、管理市场秩序,堪称中国最早的"城管"。

为了招徕包括摊贩在内的天下商人,周朝统治者公布了一系列政策,告诉四方商旅,渡口有船,途中有店,所到之处就像到家一样。如果货币面值小,买卖不方便,就铸币值重的"母"币与原本币值轻的"子"币共同流通,以方便商旅……保持市场上的货物充足,使物价合理稳定,以便百姓生活安定。

姜子牙将市井气带到了他的封地齐国。

由于当时齐国"地泻卤,人民寡",所以齐国历代国君注重发展手工业与渔、盐业。齐国最后就是靠贩运、丝织、渔盐起家的。

后来,另一个出身商贾的名相管仲借此"徼山海之业",发展商品经济,使齐国一跃成为东方强国,助齐桓公率先在春秋诸国中称霸。

礼崩乐坏的春秋战国时期,小摊贩迎来了新的春天。当时,涌现出了齐、晋、郑等重商国家,出现了"天下熙熙,皆为利来;天下攘攘,皆为利往"的盛况。

经商成了不少人的发财之道,所谓"用贫求富,农不如工,工不如商""百工居肆,以成其事",弃官、弃学甚至弃农经商的社会现象屡见不鲜。商人或肩挑背负,或坐列贩卖,在摆摊的风口下起飞。

"郑人买履""买椟还珠""自相矛盾"等成语故事讲的就是这

一时期的摆摊轶事，另外子贡、白圭、吕不韦等人，也都是当时叱咤风云的富商。

商人资本有"与王者埒富"的势力，大小商人以不等价交换、囤积居奇等手段也会"牟农夫之利"。因此，新兴的地主阶级为了自身利益，都对商业抱着否定态度。

李悝在魏国主持变法，主张"尽地力之教"，也就是发展农业。商鞅在秦国变法时也提出了"耕战"政策，同时"重关市之赋"，也就是加重商税。

这样，出来摆摊做生意的人少了，回家种田、打仗的人多了，秦国也加速了统一的步伐。

战国时期各国改革大都带有这样明显的重农抑商倾向，这一思想自此持续了两千多年。

2

秦始皇统一六国后，在石碑上书写了八个大字——"上农除末，黔首是富"，又"徙天下豪富于咸阳十二万户"，将这些商人的财产充公。秦始皇连大商人都不放在眼里，更不要说小商贩了。

秦朝时，官营商业再次占主导地位，私商受到限制，只有贩运外地珍异之物的商人得到优待，这是因为他们不影响重农抑商的政策。

汉承秦制，也实行抑商政策。

汉高祖刘邦看到秦末战争中物价飞涨，商人从中牟利，以致"米至石万钱，马一匹则百金"，于是在称帝后发布了一道报复性的法令——贱商令，规定：商人不得穿丝织衣服，不得乘车骑马，不得携带兵器自卫，不得做官府的属僚，对商贾征赋税加倍，商贾买饥民子女为奴婢的要无偿释放。

这道贱商令奠定了汉朝重农轻商的基调。

秦汉政府对商业的抑制并没有彻底打击老百姓求取财富的意志。司马迁在《史记·货殖列传》中记载了一些励志的汉代小摊贩：

行贾，丈夫贱行也，而雍乐成以饶。贩脂，辱处也，而雍伯千金。卖浆，小业也，而张氏千万。洒削，薄技也，而郅氏鼎食。胃脯，简微耳，浊氏连骑。马医，浅方，张里击钟。

汉代商人卑贱，行走叫卖更为人所不齿，却有人靠着卖油脂、卖水浆、磨刀、卖羊肚、给马治病等江湖绝技发财，从此走上人生巅峰。

汉时，长安、洛阳、宛、邯郸、临淄、成都等地是全国的商业大都会，其中长安"大开九市"吸引了无数小摊贩，"商贾百族，裨贩夫妇"都到京城淘金，其中也有"鬻良杂苦，蛊眩边鄙"的人，这是什么意思呢？就是弄虚作假、欺骗顾客的不良商家。

《三国志》记载，汉末名士任嘏年轻时有一次到街市上摆摊卖鱼，正逢官府加征鱼税，鱼价猛增，"贵数倍"。任嘏这个老实人却毫不动心，仍按平时的价格出卖。讲信用的人运气不会太差，后来他"投简历"加入了曹操团队，成为曹魏大臣。

魏晋南北朝，战乱频仍，社会动荡，商品经济一度处于迟滞状态。

一些农民、手工业者、寒微士人、妇女等组成的民间小商贩在战乱中忍受着商税盘剥与路途艰险，靠小本生意艰难求生。这一时期的小商贩往往亦农亦商，亦工亦商。

摆摊成了魏晋南北朝"后浪"们的一条出路。

《宋书·孝义传》载，郭原平"性闲木功"，喜欢做木工的他经常到市场摆摊卖自己制造的木器。

《梁书·王僧孺传》记载，王僧孺幼时家贫，其母以织布卖布为业。

《梁书·贺琛传》说贺琛"家贫，常往还诸暨，贩粟以自给"。

《梁书·吕僧珍传》记载，南梁开国元勋吕僧珍出身寒微，"从父兄子先以贩葱为业"。卖的葱除了自己生产的，也会从别人那儿进货。

《宋书·朱百年传》说，南朝宋隐士朱百年"携妻孔氏入会稽南山，以伐樵采箬为业"。

这些人都是南北朝名留青史的名士、文臣、武将，而他们的共同点就是都摆过摊。

3

隋唐时，天下重归一统，商业出现了新的繁荣局面。

"百千家似围棋局，十二街如种菜畦"的长安城是当时世界上首屈一指的商业都会，朱雀街东、西两侧的两市更是帝国商贸最繁盛的CBD，商贾云集，货物琳琅满目。

但生活在底层的小商贩依旧世道维艰。

隋唐实行严格的坊市制度，坊是住宅区，禁止经商，市是交易区，与坊分离，且唐朝前期规定，若非州县之所，不得置市。

不是哪里都有做买卖的地方，也不是每个交易区都能随便摆摊。长安东、西两市内，同行业的商店开设在同一地点，总称为行，长安之市足足有二百二十行，形成五花八门、整齐划一的商铺。

《唐会要》记载，市内进行交易的时间有限制，中、午两市击鼓三百下，店铺才能开始营业，日落前七刻，敲锣三百下，店铺必须关门，想吃个夜宵不太可能。如果有人犯了夜禁，还要被杖责七十下，身子骨不结实的话，那就有罪受了。

大城市没有小商贩的生存空间，但城外乡村形成的草市还是给了小商小贩一线生机。草市兴盛于唐代，这是在交通便利的地点上自然形成的乡村定期集市。

在坊市的墙被推倒之前，想要摆地摊，就只能先到城外将就一下。

4

到了宋代，坊市制度被彻底打破，商店货摊散布于各处，再无时间与地域的限制，"万街千巷，尽皆繁盛浩闹"。宋代城市经济有四百四十一种行业，约为唐代的两倍，商业活动昼夜不息，还有别开生面的"鬼市"，可以体验一下夜生活。

张择端《清明上河图》中，鳞次栉比的商店与沿街叫卖的小贩相映成趣，构成了北宋城市商业的经典绘卷。

虽然宋朝放宽了对商贩的限制，并减免其赋税（"贩夫贩妇，细碎交易，并不得收其算"），但起初也反对杂乱的地摊经济，主要因为摆摊影响交通。

宋朝建国初期，开宝九年（976年），宋太祖赵匡胤发表了重要讲话，要求整治街道："还经通利坊，以道狭，撤侵街民舍益之。"也就是说，要把街上那些占用道路的违章建筑都拆了。

他在位时颁行的《宋刑统》还规定，"诸侵街巷阡陌者，杖七十"，"其有穿穴垣墙以出秽污之物于街巷，杖六十"。这两条都是针对摊贩的规定，前者的占道经营，后者的污染环境，在当时都是要挨打的。

为此，宋朝也组成了专门的"城管"大队，称为"街道司"。这些办公人员身兼城管、税务、环卫等多项工作，还要兼职抓小偷与防火救灾，与商贩可谓是亦敌亦友，共同保持着街道的繁华。为了减少冲突，宋朝"城管"在街道两侧设置"表木"，以此划清街道界限，越界了就算占道经营。

此法收效甚微，到北宋末年，城市出现了大批流动摊贩，政府只好默许占道经营，干脆跟商贩收取"侵街房廊钱"——越界可以直接交钱了事。

如此一来，宋代的"地摊盛世"也带来了很多社会问题，甚至皇帝出行时，大队人马走在城市街道上，连仪仗都摆不开，"其侍从及百司官属，下至厮役，皆杂行道中"。

沿街的老百姓看到皇帝"堵车",也被逗乐了,纷纷聚集过来围观,场面更加混乱,"士庶观者,率随扈从之人,夹道驰走,喧呼不禁"。皇帝对此也无可奈何。

宋朝的"恤商",也是恤民,促进了唐末五代战乱后商业的迅速发展。

随着宋朝国力日衰、日趋颓靡,商税也逐渐苛繁。到了南宋后期,不少地方滥设税场,收取行人身上带的缗钱、斗米等。商贩惹不起,为了躲避,只能绕道,被发现后,货物还要被"抽分"以作为税场官员的奖赏。

宋朝最后的倒行逆施、苛取横征导致官吏与百姓"相刃相劘,不啻仇敌",商贩们在之后迎来了一个痛苦的时代。

元朝自中叶以后常年陷于内乱之中,社会经济凋敝。朝廷对小商贩的规定却十分严苛,"凡行路之人,先于见住处司县官司具状召保,给公凭,方许他处勾当"。

小商贩要有官府的凭证才能营业,这似乎还不算太过分,但朝廷还说,小贩售卖物品的价格要实行月评,变动价格也要先经过官司核准,不然就做不成生意。这样一来,商贩经济毫无生机。

朝廷对商贩处处实行打压政策,特权商人赚得盆满钵满,底层的生意人断绝了生计,这些破产者大都是普普通通的农民、手工业者、小商贩或流民,他们只能被迫加入反元起义的浪潮。

出生元朝后期的朱元璋,从小饥寒交迫,少年时,其父、母、兄先后饿死,家里连买棺材的钱都没有,他只好与其他家人各自逃生,走投无路时,甚至出家当了和尚。

5

朱元璋在元末乱世中崭露头角,最终开创大明王朝,他最了解底层百姓的艰难生活。

为了缓解商贩的压力,洪武年间,明太祖朱元璋命人在南京临水而建几十所"塌房",出官税钱三十分之一、房钱三十分之一即可使用。主要用于商人自由贸易与存放货物,让他们来京城做生意时不至于无处安身而只能住在船上。后来,这一制度逐渐在全国各大城市普及。

元朝的各种苛捐杂税也得到削减,洪武初年设置的税课司局有四百余所,到洪武十三年(1380年),朱元璋裁撤了三百六十四所,"军民嫁娶丧祭之物、舟车丝布之类,皆勿税"。

一些学者认为,明清时期,中国已经出现资本主义萌芽。有别于科技、思想、制度上全面落后世界的局面,明清的商贩经济始终焕发着勃勃生机,代表着底层老百姓顽强的生命力。

清朝对商贩经济也是采取默许的态度,并采取了一些支持措施。据《清代钞档》记载,雍正帝曾经下令减免对摊贩的收税:

朕闻各省地方,于关税、杂税外,更有落地税之名。凡櫌锄、箕帚、薪炭、鱼虾、蔬果之属,其值无几,必查明上税,方许交易。且贩自东市,既已纳课,货于西市,又复重征。至于乡村僻远之地,有司耳目不及,或差胥役征收,或令牙行总缴,其交官者甚微,不过饱奸民滑吏之私橐,而细民已受其扰矣。

16世纪，葡萄牙传教士柯路仕来到中国时，沿街摆摊的小贩给他留下了深刻的印象。

回国后，柯路仕根据自己的见闻，写了一本《中国志》说："这个地方有一件了不起的事，那就是沿街叫卖肉、鱼、蔬菜、水果以及各种必需之物。因此，各种必需物品都经过他们的家门，不必上市场了。"

走街串巷、行商贩货的传统小商人带着那个时代独有的烟火气与市井气，风里来，雨里去，留在帝国的残梦里。

南北经济简史
南北经济大逆转之谜

中国历史基本是从中原所在的北方开始书写的。

有意思的是,到后来,谈起经济和社会的发展,南方却已有十足的底气。

从什么时候开始,北方经济就被南方追上并反超了呢?原因又在哪里?

中国古代经济重心的南移是一个重大的历史课题。

20世纪50年代,史学家张家驹写过一本书专门谈这个问题。后来不时有人研究这个课题,但几乎没有什么系统性的成果出现。

这不奇怪,因为没有新意。

一提经济重心南移,就是北方经济如何破坏凋敝、南方经济如何强势崛起,此消彼长,南方就超越北方了,论证完毕。

但真实的历史并非如此线性。

现在主要有两种论调。

第一,很多人引用明人于慎行的话说:"三代以前,江北繁盛,江南旷阔。汉晋以下,江南富实,江北凋敝。盖由三国五胡之乱,兵害战争多在江北。"中心思想是,战乱导致了北方经济的衰落。事实果真如此吗?

第二,还有人认为,春秋战国时期,以楚文化为代表的南方经济不弱于北方,隋唐以降,南方经济更不逊色北方,故历史上并不存在经济重心南移一事。这种观点很标新立异,但这是真的吗?

至少在司马迁生活的西汉时期,北方"关中之地,于天下三分之一,而人众不过什三,然量其富,什居其六",而南方仍然地广人稀,火耕水耨,生产力非常落后。

东晋政权建立和唐代安史之乱相隔四百多年,但都是南北经济实力此消彼长的两个重要节点。

这足以说明战乱频仍的北方经济实力并未衰退到完全不堪的境地,相比南方,仍然优势明显。

这也不奇怪。瘦死的骆驼比马大,况且经济是有弹性的,只要伸缩有度,不可能一下断裂。

唐代的全国经济重心在河北一带,属"极富之地"。北宋年间,河北一带经历与契丹的多次战争,经济却未一蹶不振,仍保持领先优势。河北产出的绢等纺织品无论质量还是价格，都是全国最高的。

靖康末年，金人向北宋索取绢1000万匹，皆取自内库，其中一些来自两浙地区的绢遭到了金人赤裸裸的嫌弃。他们嫌浙绢轻疏而退回，所收几乎全是河北精绢。

可见，河北经济发展质量之高，江南地区不能望其项背。

陕西同样如此，自古就是富庶之地。

入宋以后，在宝元年间（1038—1040年）大规模的宋夏战争爆发之前，据苏轼说，是"中户不可以亩计，而计以顷；上户不可以顷计，而计以赋。耕于野者，不愿为公侯；藏于农家者，多于府库也"。这是典型的藏富于民。

其实，南北方的纳税数据最能说明，北宋时期北方经济仍优于南方。

当时，南方田地多出北方一倍多，人口多出北方两倍多，而负担的税额仅为北方的80%左右。即便是南方最富裕的四个省份，税额也都大大低于河北、陕西。北方的财政负担比南方沉重得多。

经济越发达，税负就越重。这几乎是古代中国征税的通则。就跟明、清两代重重剥削江南一样，北宋重重剥削北方这一点，就能看出其时北方经济发展程度高于南方。

2

战争可以一时摧毁一个地区的繁荣，却无法一时消灭这个地区的发达。只要局面稍微稳定，这些原本繁荣发达的地方就表现出它们的潜在优势，在战后迅速修复经济，实现强力反弹。

从东汉到北宋，北方经常在战乱与和平的循环中维持自身的经济优势，而相对安稳的南方则默默扮演了追赶的角色。

北方经济衰落的根本原因不在于战争的破坏，而在于环境的破坏。尽管出现过手工业的精品，但无可否认，农业是北方经济发展的根本。

战国时期成书的《禹贡》将全国土地分为三等九级，其中黄河中下游地区和淮河流域的土质最为膏腴，南方的荆、扬二州最为贫瘠。

土质的沃与瘠决定了当时农业生产水平的先进与落后。

秦汉时期，农业的精耕区仍在黄河中下游地区和淮河流域。这一带是帝国的粮仓。

就粮食亩产而言，以粟米为例，到唐代，北方已臻顶点，此后宋至清均未达到唐代的水平。原因主要是北方对农业的过度倚重，导致过度开发，严重破坏了环境。

北方发展得早，在存量可耕田地越来越少的情况下，北方人不放过任何一块可耕种的地方。所以数百年来的滥垦滥伐严重破坏了黄土高原的植被。

自唐以降，陕北黄土高原上水、旱、风、雹横行肆虐。此时正是关中、中原贫民源源不断地涌入陕北黄土高原辛劳垦荒的时期。

人祸招致天灾，进而影响农业生产与经济的良性发展。这是一个人与自然互相伤害的故事。

在历史上，黄河中下游地区的水资源曾相当丰富，湖泊众多，星罗棋布，后因气候变迁及农业开发，导致水体大量减少，湖泊不断缩减消亡。

宋代以后，这一地区的湖泊急剧减少，农田灌溉都成问题，北方的农业优势便日渐难以为继。这在很大程度上也是黄河水患造成的恶果。

黄河中游的水土流失不仅使中游地区的耕地面积日渐减少，而且使下游形成举世罕见的地上悬河，易溢、易决、易徙。

自西汉到民国，黄河决口超过1100次，平均不到两年就来一次，其中唐代以后决口更频繁，再好的农业基础也经不起这么高频率的摧残。

相较之下，南方发展得晚，未过度开发，反而获得了后发优势。至少在自然环境这一方面受到的破坏没有老农业区黄河流域那么严重，其受到的自然报复程度也就没有北方那么严重。

随着北人南迁，兴修水利、改良农具、增施肥料、精耕细作成为南方农业发展的新趋势。农业在南方驶入了发展快车道。

南北方的农业发展道路差异决定了二者后劲的截然不同。如果要给天灾找人为因素，那么，这无疑与历代统治者在南北方推行的不同政策密切相关。

北方长期作为政治重心，在传统的耕战政策指导下，发展农业的目的是养兵立军，且赋税往往征之过甚，这就导致了必须竭尽全力向土地索取粮食，以毁坏天然植被、放弃多种经营为代价的单一粮食生产方式由此确立。

南方经济则一般是因地制宜发展起来的，人为干扰较少，统治者的征调也多折为钱绢，相对自由的市场经济由此产生。

3

最终，南方依靠商品经济实现了弯道超车。

传统中国，士农工商，阶层井然。这套秩序，北方人贯彻得很到位。

北方人骨子里是重农轻商的，当人口增多、土地减少时，他们会通过走西口、闯关东等开荒种植的方式拓展生存空间。

南方人相对灵活和务实，他们没有囿于稼穑一行，以盈利为目的的种植业在南方备受青睐。

到唐初，商业在南方已有凌驾诸业之上的趋势。

顾炎武说，苏州地区"农事之获，利倍而劳最，愚懦之民为之；工之获，利二而劳多，雕朽之民为之；商贾之获，利三而劳轻，心计之民为之；贩盐之获，利五而无劳，豪滑之民为之"。

可见，在南方，聪明人都奔着高利润的商业经营去了。

宋代的商业繁荣，南方比北方突出。

南方拥有许多北方没有的经济作物，它们的商品率大大高于粮食作物，其中茶叶是显著的例子。

宋代每年投放市场的茶叶总值达一百万贯，仅此一项就让北方相形见绌。北宋的工商税收中，盐、茶、银、铜占了很大的比重。这四项产品大部分出自南方。

长江在宋代开始发挥出交通大动脉的作用，干流及支流沿岸城市不仅数目超过黄河，繁荣程度也凌驾其上。此时，东南沿海对外贸易港口的繁盛也是古代丝绸之路从陆路转向海路的写照。

经济发展的结果就是士人参与政治话语权的加重。

南方士人在唐宋之际历次改革运动中的作用一次比一次大，反过来印证了经济重心逐步南移的趋势。

唐中叶的永贞革新，领袖王叔文、王伾分别是南方的越州和抚州人。只是改革很快失败，表明江南地主的政治力量还不够强大。

到了唐末五代，南方的政治势力急剧膨胀。

入宋以后，范仲淹、欧阳修、蔡襄、杜衍、余靖这些名臣都是南方人。最典型的是王安石变法，参与的大都是南方人，其核心人物主要是江西、福建士人。

这表明江南经济文化的发达不限于三吴及少数沿江平原，而是深入到了长江中下游以南的广大地区。

有意思的是，以王安石为首的变法派提出的改革措施均有利于商品经济发展，以司马光为首的守旧派则继续轻视工商业。两者针锋相对，恰是南北方人对工商业态度的一个缩影。

后面的故事我们都知道了。南宋定都杭州，南方在历史上首次集政治、经济、文化中心于一体。

中国经济重心的南移自此完成。

梯田简史
人类与大自然的抗争史

南宋时期，有位名叫范成大的诗人打马去广西赴任的路上，顺道过江西宜春玩。

那天，他涉过清清溪流，闲走在田间小路上，嗅着春天芬芳的气息。

蓦然抬首间，微微放大的瞳孔中映照出如万丈高楼平地起的高田。

丘与丘相接如鱼鳞，依山势盘旋延展，层层而上直至山顶。

禾苗初长，整整齐齐地站立在反射着日光的浅水中，随南风摇动，"有风自南，翼彼新苗"。

诗人泪流满面，把这既壮丽又优美的画面如实摹写在自己的游记中："缘山腹，乔松之磴甚危，岭阪上皆禾苗，层层而上至顶，名梯

田。"(范成大《骖鸾录》)

这也是"梯田"一词最早见于文献的正式记录。

1

事实上,梯田在中国历史悠久,早在殷商时期就已经存在,不啻为人类在农业文明进程中创造的奇迹。

《诗经·小雅·正月》传唱着这样的诗句:

瞻彼阪田,有菀其特。

看,那远处山坡层层的梯田上啊,青青禾苗茁壮成长。

"阪田"是古代人民对梯田的称呼。

另一首诗《诗经·小雅·白华》中也有"滮池北流,浸彼稻田"的诗句。

滮池在陕西秦岭以北、渭水之南的咸阳城西南,这里地形南高北低,异于南方的水田地,属于旱坡地。

要在旱坡地里开展灌溉,必须将坡地修成梯田。

这表明在西周时期,我国黄土高原南部地区的农民就已经开始在坡地上兴修梯田。

到了汉代,梯田已有较大的发展。

《氾胜之书》成书于西汉,现存3700多字,是我国历史上现存最早的一部农书,书中记载有"区田法""穗选法""浸种法"等。

其中的区田就是把土地划分为若干部分,筑成上下起伏、高低错落的片片田块,以便更好地利用土地。

农书作者氾胜之把区田方法应用于陕西黄土区的梯田上正是梯田技术的一个显著进步。

唐代的百科全书《艺文类聚》中曾记载东汉贤者周燮不出世,"结庐冈畔,下有陂田",亲自躬耕过日。

周燮是个相貌奇异的怪人,在当时颇有才名,他父亲希望他能使宗族兴盛。汉安帝用玄纁羊羔等名贵物品聘请他,可周燮不为五斗米折腰,宁愿独自守着陂田。

这种把住宅搭建在山腰上,引水浇灌山脚下水田的生活,隐约可从今天哈尼族人的生活中见之。

2

元代的王祯也写了一本《王祯农书》,与《氾胜之书》同名列于中国古代四大农书中。

王祯作为一个实干型的农学家,到基层当过几任县官。

为了指导百姓更好地认识和利用梯田,他在书中专列"梯田"条,手把手教人们构筑、垦殖和管理田园。

首先,开垦梯田之前要事先规划,选择适宜的地点。

这一点,哈尼族的祖先就做了一个非常好的榜样,他们为子孙后代留下了一部朗朗上口的古歌——《普祖德祖》。

选好位置后,就开始清除荆棘草木,破土垦耕,开山造田。

最后修筑地堰(即田埂),开沟起垄。修筑田埂能有效防止水土流失,保持土壤肥力。

明朝时,修筑梯田已经开始有意识地与治山治水工程结合起来,而不仅是为了获得粮食。

徐光启在中国古代四大农书之一的《农政全书》"水利篇"中也详细谈及了修梯田的经验:

均水田间,水土相得……若遍地耕垦,沟洫纵横,播水于中,资其灌溉,必减大川之水。

可见16世纪后期,我国在现有梯田的基础上,形成了引洪漫淤、保水保土、肥田的技术。

清代《聊斋志异》的作者蒲松龄一生科举不得志,长期居住在农村,熟悉农业生产,写有一部《农桑经》。

在他看来,梯田的作用在于"一则不致冲决,二则雨水落淤,名为天下粪"。

3

有学者曾将梯田与长城相媲美,说它们同为人造奇迹。

但是两者有一个很大的不同点,那就是长城是古代统治者强迫人民修筑的，而梯田则完全出于自发行为，经过千年形成规模，一切顺其自然罢了。

梯田的种植因地制宜，大抵是以农作物为主，兼种经济作物、蔬菜和林木等，因此梯田并不是只有我们想象中的一种形态。

梯田在北方，以种耐旱的作物为多，譬如小麦、黍稷、大豆、玉米、棉花等。而在水热条件优越的南方地区，则以种水稻为主，兼种小麦和油菜花。

如果说云贵高原和东南丘陵上的梯田突出了南方的婉约与秀丽，那么，黄土高原上的梯田则展现了北方的浑厚与粗犷。

秦汉以前，黄河流域也曾是气候温和、降水丰沛的全国农业中心区，皇权更替与诸侯争霸的故事在这里接续上演。

后来，铁骑战火、盲目开发让这片原本的沃野早夭，沦为土壤贫瘠、千沟万壑的破碎地貌，繁华落幕。

从20世纪60年代起，经过综合治理，上百万亩水平梯田在三十多个春秋中修成。

甘肃的庄浪人民以倚天巨笔写下了当地最为壮丽的一页，庄浪大地被誉为"梯田王国"。

其"山顶沙棘戴帽，山间梯田缠腰，埂坝牧草锁边，沟底穿鞋"的生态梯田综合治理模式，彰显了与南国哈尼梯田迥异的北方梯田特色。

在陕西汉阴，梯田甚至作为"展品"成了凤堰古梯田生态移民博物馆的特色。

凤堰古梯田始于清朝乾隆年间，由清代湖南长沙府善化县吴氏家族移居当地时所建，至今已有超过两百五十年的历史，是目前秦巴山区考古发现的面积最大、保存最完整的清代梯田。

它集山、水、田、屋、寨、村、庙、农为一体，融浑厚、雅致、奇趣、清新、壮美于一身，堪称人与自然的伟大合作作品。

中国是一个多山的国家，山区面积约占国土总面积的三分之二。生活在山区的古代先民为了求得生存，勇敢地与大自然做不懈的抗争，创造出了梯田这种土地耕种方式，既改造了自然，又顺从了自然。

事实上，除了那些让人叹为观止的著名梯田外，我国大江南北各个角落里也都有一道梯田风景。

"小山如螺，大山成塔"，也许你的家乡也有这样一片梯田。

农民从村寨进入梯田，而田里的作物从梯田进入农民的家，这大概是世界上最动人心弦的来往吧。

古桥简史
得桥者，得天下

古桥，是黄昏下的秋思，"枯藤老树昏鸦，小桥流水人家"。

是夜半钟声中一缕淡淡的客愁，"月落乌啼霜满天，江枫渔火对愁眠"。

也是豪门世家兴衰变迁的见证者，"朱雀桥边野草花，乌衣巷口夕阳斜"。

古桥坐落在山川河涧之间，使人们不必再为跨越天然障碍而跋山涉水。

看花开花谢，观云起云落，斗转星移已千年。

汉代许慎在《说文解字》中对桥做出了解释：

桥，水梁也。从木，乔声，高而曲也。

桥，最初是由古木自然倒下，跨于水上形成的。

我国众多的桥梁类型中，梁桥是最早出现的一种，其次是浮桥、索桥等，最后才发展出拱桥。

1

有史料记载的最早的桥建造于商代，名叫巨桥。

《诗经·卫风》曰："有狐绥绥，在彼淇梁。"

所谓淇梁，即架设在淇水之上的桥。淇水因淇县而得名，淇县即商朝首都朝歌。

《水经注》记载，巨桥边有一个大粮仓，商纣王囤积了大量粮食，却不愿发给饥饿的民众。

周武王伐纣后，才在巨桥开仓放粮，赈济饥民。

可见，在先秦时期的夏、商、周三代，中国已经具备架设原始桥梁的能力。

春秋战国时期，桥梁越来越多，且与诸侯争霸有着密不可分的联系。

然而，由于年代久远，无论是宋景公试箭的石梁，还是吴王阖闾请士兵们大吃一顿的临顿桥（位于今苏州），都没有保存下来。

从春秋时期延续至今的桥，只有位于西安的"灞桥"。

当年，秦穆公称霸西戎，与晋国缔结秦晋之好，成就一番霸业。

为了彰显称霸之功，秦穆公特赐滋水名"霸水"，并在此兴建桥梁。霸同"灞",这座桥就成了灞桥。

从地理上看,横跨灞河两岸的灞桥位于关中要道,是秦人东出攻伐诸国的必经之路,故有"得灞桥者得天下"之说。

秦始皇派兵东出函谷,灭六国,四海一。

灞桥迎接从前方战场凯旋的大秦锐士,又在短短十四年后,见证了秦帝国的灭亡。

公元前207年,曾为秦朝亭长的刘邦率先一步攻入咸阳城,之后驻军霸上,在鸿门宴中有惊无险,全身而退。

霸上就是灞桥边上的平原——白鹿原。

最终,刘邦在楚汉战争中击败强大的项羽,统一天下。

2

历史总是惊人的相似,四百年后的东汉末年,关中大乱,百姓纷纷由灞桥东逃他乡。

"建安七子"之一的王粲逃出长安后,站在灞桥边回首长安,写下诗句:

西京乱无象,豺虎方遘患。
复弃中国去,委身适荆蛮。

由于中国古代早期造桥工艺的限制,相较于笨重坚硬的石材,深山老林里自然生长的千年古木在加工上更为便捷。

因此，古人在营建桥梁时，最先考虑的便是将树木打磨成造桥所需的"梁"与"柱"，再将二者以榫卯相连接，形成全木质结构的梁柱桥。

灞桥最早便是采用这种工艺。

但木头本身具有易燃性，且长期浸泡在水中容易腐朽，在长期使用中很容易出现事故。

如《汉书·王莽传》中记载："地皇三年（22年），灞桥火灾自东起。卒数千以水沃救不灭。"

随着汉代冶铁技术的提升，桥梁设计者开始以更坚固的石料代替木头作为桥墩，将架桥用的石材利用打桩工艺深埋地下，以"托木+石梁+石轴"的组合稳固桥身，使之形成最稳固的基础支撑体系，这为木梁石墩桥。

木梁石墩桥的出现让灞桥迎来新生。

隋唐时期，灞河"筑堤五里，栽柳万株"。灞桥两岸，丝丝垂柳轻抚驿站外诗人的离别之情。

唐代刘禹锡曾作诗：

征徒出灞涘，回首伤如何。
故人云雨散，满目山川多。

经过历代重修、扩建，灞桥已成为西安的一处文化地标，诉说着诸多沧桑往事。

3

木梁石墩桥出现之后,桥梁设计师在此基础上以石梁替代木梁。

流传至今的古代梁桥多半是这类结构,而古代桥梁建筑成品最多的省份当属福建。

宋太祖至宋理宗的三百年间,仅泉州一地,此类桥梁数就多达二百七十五座。

以泉州洛阳桥、晋江安平桥、漳州江东桥、福清龙江桥为代表的"福建四大名桥",皆为石梁石墩桥。

福建之所以能够成为历史上梁桥成品最多的省份,主要得益于其地理区位以及当时的社会环境因素。

福建地处中国东南沿海,地势呈"依山傍水"。山地、丘陵面积占全省土地面积的90%左右,木石易取。

宋代,朝廷在泉州设立管理海外贸易的市舶司,地方上也积累了大量财富用于修葺桥梁,互通有无。

这其中以宋仁宗年间,蔡襄主持修建的泉州洛阳桥最具特色。

洛阳桥,又名万安桥,位于泉州洛阳江出海口,全长八百三十四米,宽七米,是当时著名的跨江、跨海大桥。

即便是在今日,修建跨海大桥也颇有难度,宋代洛阳桥工程之艰巨可想而知。

当年蔡襄在修桥时也曾遇海潮涨落不定的情况。

在技术还不算成熟的宋代,洛阳桥以条石为基础打造石墩,采取一排横、一排直的"十"字排列结构,使桥墩本身得到强化。

再依照船在水中航行的分浪原理,将桥墩设计成船型,减少潮水对桥墩的冲击，达到经久耐用的目的。

为了巩固桥梁基石，设计者还利用牡蛎作为桥墩黏合剂来稳固桥体，防止位移。

洛阳桥建造成功后，掀起了一波"造桥热"。

古代的桥梁工程师又相继造出了中国现存最长的海港大石桥——安平桥，以及江西婺源彩虹桥、宁波金鸡桥等。

4

随着社会生产力的发展，人们不再满足于简单地平铺石板搭建过江用的桥梁。

因此，在随后设计的梁桥中，设计师尝试将桥梁上的木材层层挑出，承接短梁，纵横交错，木上加木。每层往外延伸几尺，形成一个类似古代宫殿设计中斗拱类型的桥墩梁枋结构，以"四两拨千斤"之力分散桥墩本身承受的压力。

这样做的另一个好处是可以减少桥墩，增加桥身的长度和跨度，在满足设计美学之余，还预留了安全空间。

以湖南醴陵的渌公桥较为典型。

渌公桥，又名渌江桥，位于醴陵状元洲西侧，始建于南宋年间，原为木梁木柱的多孔连续伸臂梁桥，后改为石梁石墩伸臂桥。

南宋年间，著名诗人范成大曾赴任静江（今广西桂林）知府，途经此处时，留下《题醴陵驿》一诗，以"渌水桥边县，门前柳已黄"描写了此桥的风貌。

在水道阻隔交通的古代，渌公桥始终控扼湘东孔道及南北往来要冲，从南宋一直到清末民初，将近七百年间，数十次毁于天灾人祸，而桥址和五墩六孔的规制一直未变。

民国最后一次改造时将其修成大石拱桥，为九墩十孔，但"渌（六）公（孔）桥"的民间名称沿袭至今。

除此之外，在四川、甘肃、西藏等地，这种伸臂式桥梁也颇为常见，著名的有四川木里伸臂桥、西藏昌都云南桥、甘肃文县阴平桥等。

在广西，侗族人有另一种设计理念。他们认为，造桥工艺可以更加活泛，且桥的价值不仅在于供人们行走，遮风挡雨与供人歇脚的功能也十分必要。

故在此理念的基础上，他们设计出了一座程阳永济桥，也称"程阳风雨桥"。

整座桥在设计上呈现"简约"风格。

建造桥梁时，施工者没有使用一颗钉铆，反而选择在桥墩上打凿很多大小不一的榫，然后使用一些形状不同的木条进行斜插衔接。

为了稳定桥梁本身结构，设计者在每个桥墩上都建造了一个极具民族特色的亭子，既可以方便行人歇脚休息，又可以增加桥墩自身的重量，使桥梁本身达到力学平衡。

从远处看，桥墩上有五个亭子和十九个桥廊，廊亭相连。桥亭飞檐高挑，雕梁画栋，将传统汉族工艺与少数民族艺术风格合二为一。

如今，集桥、廊、亭三者功能于一身的程阳永济桥，因制造工艺绝无仅有，被认为是"世界四座历史名桥"之一。

5

古人发现，在造桥技术上可突破原先单一的梁拱伸臂式结构，建造出更具艺术难度的叠梁拱飞桥。

这种桥无钉、无铆、无桥墩，完全依赖榫卯以及木材本身的韧性紧密相连。

关于这种桥的结构，在宋代画家张择端的《清明上河图》中，北宋首都汴梁（今河南开封）的虹桥曾有相当写实的呈现。

然而叠梁拱形式的桥梁并非创始于北宋。

据记载，早在唐代，今天的甘肃兰州雷坛河上便有一座握桥，相传是仿"河厉"之制而建。

河厉是吐谷浑所建造的一种桥型。

桥梁专家茅以升在他的《中国古桥技术史》中对兰州握桥给予了很高的评价，盛赞其是"中国伸臂木梁桥的一个代表"。

叠梁拱式桥梁的代表还有甘肃的另一座古桥——灞陵桥。

灞陵桥桥身高耸，桥面为三道阶梯状通道，中宽边窄，且有扶手栏杆相配，既可远眺，又助攀登。

桥两端建有飞檐式廊房，四角抖起，脊耸兽飞，似巨龙凌空而起，颇为壮观。

传说，明初名将徐达征战元将李思齐，兵至渭源，因河水拦阻而无法继续向西，命当地居民和兵士修建一座便桥。

此桥于明朝洪武元年（1368年）建设，后经几次大修，形成今天的格局。

在握桥被拆除后，灞陵桥更是成为全国唯一一座纯木质叠梁拱桥。

拱桥技术成熟后，石拱桥也代替全木质结构的木桥成了桥梁主流，如中国最为知名的敞肩型石拱桥代表——赵州桥。

赵州桥始建于隋代，距今已有一千四百多年的历史。

隋炀帝当政时，隋朝大兴基础工程建设。挖运河、修宫殿、修桥梁成了这一时期国家工程建设的重点项目，赵州桥的建筑设计理念也蕴含着大气、精巧的特点。

接到任务的桥梁工程师李春开创了敞肩式石拱桥的建设技术先河。

所谓敞肩式，即在原先叠梁拱的架构基础上，于大拱的两侧添加小拱，形成拱上拱。

这样的设计除了具有对称美学的感官视觉，小拱的分力支撑还可减轻大拱的压力，让桥身始终处于相对平衡的状态。同时，通过增加过水面积，减轻洪水对桥身的冲刷，增加桥梁的安全性。

江南一带，"交流四水抱城斜，散作千溪遍万家"，水网纵横交错，水路交通异常发达。

在建设石拱桥时，设计者普遍会先考虑桥梁置于河道之上是否会阻碍正常的水路运输，因此，在江南经常能看到坡度较高的单孔石桥。

如上海朱家角镇的泰安桥，高且陡，是全镇最陡的一座石拱桥，桥堍竖立旗杆石两块，系悬路灯所用，是往来船只的航标，桥两旁青石扶手上的飞云石浮雕古朴淳厚。

还有苏州吴门桥,是江苏省现存最高的单孔古石拱桥。

不过,相较于赵州桥的灵巧和江南古桥的单孔高拱,其他石拱桥则更考虑桥梁本身的实用性。

在单孔石拱桥面世以后,多孔联拱石桥随即出现。

多孔石拱桥让桥身的长度越变越长,与伸臂式梁桥有异曲同工之妙,而相较于后者,其重心更加平稳。

北京市丰台区永定河上横跨着大名鼎鼎的卢沟桥。

这座桥梁承载着中国人民抗日战争的悲壮历史记忆,而从桥梁本身的实用性而言,卢沟桥桥墩采用与泉州洛阳桥一致的船型桥墩基础,在每个分水尖的前端各装有一根三角铸铁,边宽二十六厘米,锐角向外,以减轻洪流和冰块的冲击,保护分水尖的稳定。

在观赏性上,卢沟桥的设计者显然也注重雄伟大气,整座桥至今已有八百多年的历史。

是否有一座桥能集合以上全部优点呢?

答案是肯定的。

在广东潮州,始建于南宋初年的广济桥就是一座集浮桥、拱桥、梁桥于一身的桥梁。

由于此地在古代是福建和广东交界的水上交通要道,因此,在设计桥梁之初,设计者便想到要为未来水上航行留出多余的空间。

在建造桥梁的层面上,设计施工人员并没有参考江南地区的单孔石拱桥设计,而是采用了一种与浮桥相连接的方式,以舟船为基础,运用水的浮力进行支撑,将桥梁的长度继续延伸,直至与对岸相连。

这样做的优势是当航道繁忙时，架拆便利的浮桥可以让出足够的航道空间给船只经过，让两岸经商往来畅通无阻。

物尽其用的潮商在此开辟出一片市场，以桥上形态各异的桥亭为据点，经营各式商铺，招揽往来商旅。

故而，广济桥又有"廿四楼台廿四样""一里长桥一里市"之美称。

6

与南方水乡相比，西北、西南等地相对交通闭塞，居住于此的古人建桥就不能随心所欲了。

在沟壑纵横、河水湍急的地方，人们往往只能通过"溜索"将一人一物以惯性的方式运送到对岸，达到走出大山的目的。

如此落后的交通方式显然有局限性，特别是遇到突发事件或战争时，一人一物的运输方式势必无法应对。

因此，清朝康熙年间，康熙帝为了维护国家统一，并解决汉、藏之间道路交通问题，下令在四川大渡河上进行了一次新的尝试——修建泸定桥。

此桥为悬挂式铁索桥，整座桥由桥身、桥台和桥亭三大部分组成。

桥身由多根碗口粗的平行铁链构成，桥栏直接由铁链架设，底下铁链并排，铺上木板形成桥面，扶手与底链之间用小铁链相连接，各铁链环环相扣。

桥台位于桥身两端处，桥台内固定铁桩，铁链固定在两岸桥台的落井铁桩里，两岸的桥头古堡为汉族木结构古建筑，风格独特，桥西端观音阁下存有康熙立的匾额。

历史上，这里不仅见证了汉族与少数民族的文化交流，还见证了二万五千里长征的艰辛。

1935年，长征路上的红军向大渡河挺进，此时能通过大渡河的仅有这条康熙年间修建的铁索桥。

为了尽快完成大部队的战略性转移，二十二名红军战士请缨接受夺取泸定桥的攻坚任务，最终胜利夺下泸定桥。

古桥承载着历史的记忆，飞架两岸。

无论是早期出现的木梁桥，还是渐次发展出的石梁桥、石拱桥、铁索吊桥，它们承载的不仅仅是中国发展的记忆，也包含着历代能工巧匠的集思广益，彰显了中国传承千年的"天人合一"的思想精髓。

在数不胜数的中国古桥中，设计师将这种文化内涵深深注入每一座桥梁中，流传至今。

土猪简史
中华田园猪的消亡史

明正德十四年（1519年）十二月，明武宗朱厚照突然下诏，严禁全国百姓养猪、杀猪和吃猪。

这道历史上著名的"禁猪令"明确称，"除牛羊等不禁外，即将豕牲不许喂养及易卖宰杀。如若故违，本犯并当房家小，发极边永远充军"。

皇帝突然下了这么一道圣旨，全国人民都慌了，赶紧把自家养的猪崽，无论公母，全部"人道毁灭"。吃不掉的就地掩埋，或溺死，或直接弃尸荒野。一时间，风声鹤唳，市场上也看不到任何生猪交易。

"禁猪令"颁行的后果是，不仅改变了当时一些地区的祭祀风俗，而且连皇宫大内在国家重大庆典上需要准备的三牲（牛、羊、猪）都凑不齐。

礼部实在没办法，上奏明武宗说，如今猪肉绝迹，无法按常例进行祭祀，请求废止"禁猪令"。

在种种现实面前，明武宗不得不悄悄推翻自己的"金口玉言"，给宫廷祭祀开了后门。如此，天下生猪供应逐步恢复正常。

史上罕见的荒唐"禁猪令"仅存在三个多月便无声地夭折了。

在今天看来，尽管明武宗的"禁猪令"颇有些莫名其妙，但由该案可知，中国人与猪关系匪浅，且养猪历史十分久远。

1

今天家猪的祖先可追溯至四千万年前，当时一种生活在亚欧大陆、穿行于林间沼泽、身材修长的野猪。而在距今约一万年前的新石器时代，古老的先民们已经懂得将野猪驯化成家猪为己所用了。

在远古时代，猪就与马、牛、羊、狗、鸡并列为六畜。《左传》中就有"为六畜、五牲、三牺，以奉五味"的说法，指的是华夏先民在很早以前便将猪列入祭祀先祖的贡品范畴。

商代甲骨文对"猪"的概念有着多重表达。它既可以被写成"豕"，形象类似一只耳大嘴长、身体滚圆、小短尾巴的猪，也可以被写成"豚"，即猪肚子下面还有一只小猪。因此，在《说文解字》中，豚又被代称为小豕，即小猪的意思。

而对于那些未曾被驯服的野猪，或者体型较大的成年猪，古人则称之为豖，并以一支箭穿过猪身的象形表意真实地还原古人类狩猎野猪时的场景。

据人类学家推测，我们的先民们最早将野猪驯化成家猪，只是想在猪身上尽可能地开发出它们的劳动属性，替人类分担一部分的劳作。因此，在早期的驯养中，猪并不是像今天这样被圈禁起来喂食的，而是最大限度保持野猪的生活习性，同时想尽一切办法按照人类的预想对其进行改造。

显然，经过多代驯化的野猪仍然未能实现人们对它的期望，只会不断消耗人类粮食的家猪最终被人类端上了餐桌。

从猪肉中获取蛋白质可以强化人体的肌肉与骨骼，人类由此能更淡定地面对来自外界的威胁，并逐渐有能力生养繁育更多群居后代。在甲骨文中，"家"字最早便是"豕居之圈"的意思，说明先民幸福的家庭生活由养猪开始。

家猪养得多了，"豪"也就诞生了。甲骨文中，"豪"字指的就是有着高门大院的养猪专业户。

2

时间来到了西周，经过前人的探索，此时的人们已经无比坚信猪这种动物天生就是为了饱人类之口腹而存在的。因此，在中国最早的诗歌集《诗经》当中就收录了时人创作的"猪之歌"："执豕于牢，酌之用匏。食之饮之，君之宗之。"

意思是把猪从猪圈中牵出来杀掉，就着美酒，大口吃肉，大碗喝酒。在开心愉快的气氛中，推选出我们的首领。

而最早的宫廷宴席"周八珍"中也有一道"炮豚",类似今天粤菜中的烤乳猪。可见当时猪肉的受众基本是全民性的,即便贵为皇帝,国宴上也少不了早期家养土猪的身影。

但为了区分百姓与天潢贵胄之间的等级,周天子颁布了各项禁令。如史料中记载:"天子食太牢,牛羊豕三牲俱全,诸侯食牛,卿食羊,大夫食豕,士食鱼炙,庶人食菜。"

从某种程度上讲,这种无理的饮食限制并不利于养猪业的发展。所幸在这种规定出台之时,中国最早的养老体系也随之建立起来。对于"吃猪肉"这种大事,周朝上下秉持尊老、爱老、敬老之心,告知百姓"六十非肉不饱,七十非帛不暖"的道理,并放宽了相应的限制。

如此一来,土猪饲养业便在夹缝中获得一线生机。

在日渐扩大养殖规模的基础上,人们逐步摸索出让猪更加听话的方法——去势。

《易经》里面有一句话叫作"豮豕之牙,吉"。其中,"豮豕"指的就是经过人工去势的公猪,经过阉割后,公猪的性格将会变得温驯,易于长成祭祀时被认为是吉利之相的肥猪。

从春秋战国时期开始,华夏的养猪业几乎遍及天下,猪的用途也变得广泛起来。

为了再度振兴越国,平衡国内的男女比例,春秋末期的越王勾践在复国后做的第一件大事就是蓄养六畜。为此,他专门出台了一项政策,那就是只要家里有生孩子的,国家提供物质奖励:若生男孩,赏两壶酒、一条狗;若生女孩,赏两壶酒、一只小猪。

为了吃上一口猪肉,越国上下都在努力提高生育率。而人多了,猪肉的消耗量就变得大了。

随着人口增长,越王勾践又命人在山地丘陵间开辟大规模的土猪养殖基地,即《越绝书》中记载的"鸡山、豕山者,勾践以畜鸡豕,将伐吴,以食士也",养的鸡、猪都是准备犒劳征伐吴国的将士的。

3

自西汉开始,中国土猪养殖业迎来了一个技术创新期。

与传说中的伯乐相马一样,西汉时期,养猪行业中出现了一种名为"相彘"的职业。一个名叫留长孺的人是当时非常有名的相彘专家。

尽管司马迁并没有在《史记》中详细说明留长孺怎么"相彘",但据后来明代方以智的《物理小识》记载,大致可知当年留长孺相彘术的基础源自春秋战国时期的"相畜法",留长孺认为猪种"短喙无柔毛者为良"。

其实这一经验总结符合现代选种理论。根据《中国实用养猪学》的记载,"嘴短的猪,一般背腰宽广,属于脂肪型的猪"。

于是,在出现明确鉴定何为优良猪种的方法后,两汉时期所养的食用土猪以早熟、易肥、繁殖力高、肉质嫩美等优势闻名天下。

而同时期的古罗马士兵通常会携带腌制肉肠作为口粮,因此,古罗马人对猪肉的需求量也极大。但当地的猪种由于气候、地理环境等因素的制约，生长速度极慢，且肉质粗糙，根本无法满足需要。

所以通过海上丝绸之路，来自大秦（即古罗马）的商人抵达广州后，便将那种"小耳直立，头短宽，颈短阔，背腰宽广，四肢短小"的华南猪运回大秦，与当地猪种进行杂交，从而产生了后来著名的"拿破利坦猪"，并在此后很多年中，深刻影响了世界养猪史。

汉代的土猪养殖不仅在数量上获得巨大的突破，还得到了上流贵族的鼎力支持。在汉代的皇家御苑上林苑，官方设置了专门的职位负责管理皇家养猪场。

随着土猪养殖业的兴盛，人们在吃猪肉上花费的心思也多了。

在宫廷祭祀、宴飨上，针对猪身上的不同部位还衍生出了不同的吃法。其中，甘美肥腴的"项脔"曾颇得晋元帝司马睿的喜爱。

史载，"元帝始镇建业，公私窘罄，每得一豚，以为珍膳。项上一脔尤美，辄以荐帝，群下未尝敢食，于时呼为'禁脔'"。可知这"禁脔"的本义指的是猪颈肉，因为太金贵了，后来引申为皇家独享，不许他人染指的意思。

身处宋朝的另一位猪肉老饕——苏轼也表示，项脔的美味如同螃蟹那对蟹钳，细腻多汁。

但喜吃项脔的晋元帝却没能像其先祖司马懿那样再创功业，自从他迁居建业（今南京），建立东晋以后，中国便进入了一个大混战的时代。

当时大量北方游牧民族南下，中国人以猪肉为主要肉食的饮食习惯逐渐发生转变。除了猪，马、羊（牛需要耕种，不能吃）开始出现在北方人的餐桌上。

但被迫迁往南方的部分汉人仍以吃猪肉为荣。取代东晋而立的南朝刘宋，宋明帝刘彧就特别喜欢吃猪肉，尤其对烤乳猪情有独钟。

与西周那道"炮豚"不同，经过刘宋宫廷的改良，这道烤乳猪在当时被称作"炙豚"。

贾思勰在《齐民要术》中记载，"炙豚"多数时候选取还在吃奶的"乳下猪"，宰杀洗净，去五脏，再用茅草填满猪腹，慢火边烤边转，同时搭配白酒，以利发色。

对此，尝过其中滋味的贾思勰直言，炙独"色同琥珀，又类真金，入口则消，状若凌雪，含浆膏润，特异凡常也"。

可历史证明，猪肉统一不了天下。

4

589年，出身北方"关陇集团"的隋文帝杨坚发兵灭了南朝陈国，结束了近四百年天下纷争的局面。北方人喜食羊肉的风俗习惯也被引入南方，使南北方饮食产生了融合。

自那以后，李白、杜甫等隋唐大诗人在品尝美食时，都会留下"烹羊宰牛且为乐，会须一饮三百杯"的诗句，而对于从前人们常吃的猪肉却只字未提。

社会主流肉食发生了改变，并不意味着土猪在唐朝别无他用。据说，从唐代开始，为了给自己打气，一些考科举的士子相约，如果将来谁高中了，就到大雁塔前用饱蘸红色墨水的毛笔大书自己的名字。

因为"猪"谐音"朱"，"蹄"谐音"题"，渐渐地，人们为了预祝自家的学子金榜题名，便衍生出举子吃猪蹄的吉利寓意。后来，这种猪蹄逐渐演变成今天的名菜——红烧元蹄。

到了宋代，经过前面数百年饮食习惯的转变，土猪变得更加"抬不起头"，这才有了苏轼关于"黄州好猪肉，价贱如泥土。贵者不肯吃，贫者不解煮"的说法。

虽然有钱人视猪肉为"垃圾食品"，对羊肉趋之若鹜，但猪与羊的不同，除了肉本身的味道，从经济效应的角度来讲，两者的出肉率也天差地别。

按照今天市场上的猪肉屠宰状况来看，按干料猪出肉率的67%～73%计算，平均一头重约五百斤的商品猪屠宰完成后，可得肉量超过三百斤。反观一只成年羊的出肉率仅为40%～55%。

也正因如此，宋代的"好猪肉"市场供应基础实际上远比羊肉稳固，只是富人不吃，穷人不懂怎么烹饪操作而已。

好在苏轼到了黄州后，经过多番研究，最终总结出一套烹调猪肉的秘诀："净洗铛，少著水，柴头罨烟焰不起。待他自熟莫催他，火候足时他自美。"

在苏轼的烹饪秘诀公开之后，至南宋时期，首都临安（今杭州）街头，"巷内两街，皆是屠宰之家，每日不下宰数百口……至饭前，所挂之肉、骨已尽矣"，猪肉又开始在民间大受欢迎。

5

明代之后，猪与羊在人们餐盘上的对决产生了最终的胜者。

由于人口暴增，人均占有的可耕地面积日渐减少，从而推动了地价的上升。这就变相地限制了像羊这种需要大面积土地放牧、以食草为生的动物的生存空间。但是对从不挑生活空间的猪而言，则并无影响。

另外，人口增多意味着粮食消耗量增大，生产出的残羹剩菜也不少，如此一来，反而给家养土猪提供了更多饲养上的选择。

于是，从明代初期开始，猪肉又重新回到宫廷御膳上了。

中国民间土猪养殖业又一次迎来了高峰。史载，拱州（今河南睢县）人"多畜猪致富"，所以把土猪叫作"乌金"。另一则明代四川史料也说，建昌、松潘盛产香猪，"香猪小而肥，肉颇香，入冬腌以馈人"。

此外，今天的太湖地区在当年也是大明帝国重要的养猪基地，包括二花脸猪、梅山猪、横泾猪、枫泾猪、米猪、沙乌头猪、嘉兴黑猪等中国古代优良土猪种均在此时被选育出来。

尽管此时的养猪业较之前有了很大发展，但这并不代表明朝历代统治者喜欢猪，毕竟他们姓朱，"朱"和"猪"同音，听着难受。明武宗朱厚照发布"禁猪令"，据说内心根源就在这里。但很显然，这种禁令并不得民心，"禁猪运动"仅维持三个多月便悄然收场。

明亡清兴，由于统治集团是来自关外的满族，在传统的萨满教中，乌鸦因传说救过满族人的先祖而被认为是人类的守护神，故在萨满教祭天祭祖的仪式上，总需要准备一些乌鸦喜欢吃的猪肉、动物内脏等。所以，清朝皇帝入住紫禁城后，原先明朝的皇后寝宫——坤宁宫便被开辟为皇家生猪屠宰场。

早晚各杀一头猪，下锅用开水氽烫熟，按猪的形状码好，供于祖宗牌位前。待仪式结束后，按身份高低依次分食，寓意祖先赐福。据说食用这些白水煮猪肉时，只需蘸盐，入口即化。

在清代众皇室成员中，乾隆的母亲崇庆太后和后来的慈禧太后均是喜吃猪肉的主儿。

据清宫《御茶膳房·膳底档》记载，崇庆太后上了年纪后，尽管牙口不复从前，但仍对猪蹄尖情有独钟。而慈禧在进膳时，颇喜吃一道炸响铃，这道菜实际上就是今天的炸猪皮。

然而，历经九千多年的中国土猪养殖史，在最近一百来年却面临着重重危机。

中国人长久以来食用的土猪基本按照千百年来传承的方式养殖，以粗放型喂养为主，基本什么都吃，自然生长的猪瘦肉率并不高。

以四川地区的土猪代表——成华猪为例，一只成年成华猪的生长周期至少一年，在成熟期阶段，其身上的瘦肉部分仅占全猪体重的40%。

这本来没什么，可是随着鸦片战争口岸开放后，中国长期自给自足的生活模式被逐步击碎。在外侨的带动下，巴克夏猪、约克夏猪等一批瘦肉率高的外来猪种陆续进入中国。

与中国养殖数千年的传统土猪相比，这批外来猪种的诞生历史要晚得多，它们的面世主要得益于18世纪后的欧洲工业革命。

当时，由于工业革命带来的科技进步，欧洲地区的城市化进程加快，人口迅速增加。对于长期习惯从肉食中获取蛋白质的欧洲人来说，牛肉已满足不了日益增多的人口，因此，这些偏瘦肉型的猪种被改良了出来。

进入中国后，这些外来猪种利用生产周期短、饲料利用率高、出瘦肉量大等优势，开始了取代中国土猪的历史进程。

辣椒简史
辣文化的起源与发展

《清稗类钞》中记录了一则曾国藩吃辣椒的故事。

曾国藩上任两江总督,有一个下属官吏想要拍他马屁,便偷偷贿赂了曾国藩的伙夫。

伙夫说,该有的都有了,不用挖空心思整花样,每道菜上桌之前,给他看看就行了。

过了一会儿,送来一碗官燕,让伙夫瞧。伙夫二话不说,拿出一个竹管制的容器向碗中乱撒。

官吏惊呆了,问他在干什么。

伙夫说,这是辣椒粉,老爷每餐都不能少。

官吏大吃一惊,他以为曾国藩位高权重,口味应该很讲究,至少不至于吃辣吧。

在那个年代,吃辣是穷人的专利。

1

众所周知,辣椒原产于墨西哥,最早是由哥伦布的船队带回欧洲,开始小范围传播的。

后来,辣椒随着远洋贸易的船队抵达中国东南沿海。

但是在口味讲究清淡、新鲜的沿海省份,并不能接受辣椒这种新奇食物。

于是,在杭州戏曲家高濂的笔下,这种特殊的植物有了最早的记载:

番椒丛生,白花,果俨似秃笔头,味辣色红,甚可观。

可见,刚登陆中国的番椒(辣椒)并没有被直接端上餐桌,而是被移植进花盆,成了装点江南园林的奇珍花卉。

辣椒被人观赏了百年之后,直到康熙年间,才被"吃不起盐"的贵州人搬上了餐桌。

当时,贵州交通闭塞,是西南地区最缺盐的省份,自己既不产盐,外面的盐也运不进来。而辣椒和盐一样可以促进唾液的分泌,也就是我们俗称的"下饭"。因此,贵州人便开始使用辣椒作为佐餐用料,代替日常的食用盐。

从此,辣椒开始走红。

2

至今，中国人吃辣椒的历史已有约四百年。但早在辣椒被搬上餐桌之前，极富智慧的祖先已经体验过这种舌尖上的快感了，不过，那时这种感觉还不叫作辣。

先秦时期，民间流传的五味是酸、甜、苦、辛、咸，而辛即在辣椒出现以前，中国人能够体会到的辣。

从先秦到明清，能发出辛气味的调料是以茱萸、花椒、姜为代表的"三香"。

在湖南省博物馆里藏有"绢地茱萸纹绣"（残片）。这说明茱萸已超越了调味品，成为一种文化符号，深深扎根在古代中国人的心中。

在辣椒出现之前，茱萸成了中国人脑海中对辣的记忆。

大家对它并不陌生，唐代诗人王维在《九月九日忆山东兄弟》中就说："遥知兄弟登高处，遍插茱萸少一人。"

这里的"茱萸"即古人重阳节登山佩戴的"茱萸囊"，茱萸自身散发出的辛香味可除虫防霉。同时，人们也用茱萸为食物去腥增香。

与王维同时代的诗人李颀作诗句："菊花辟恶酒，汤饼茱萸香。"也就是说，人们在重阳节不仅喜欢喝菊花酒，还喜欢在吃面时撒上茱萸以增加辛辣。

茱萸喜温喜湿，中国大部分地区都是它生长的乐土，因此得到广泛栽种。

茱萸的伙伴花椒，在春秋战国时期已经活跃于历史舞台上了。

《诗经》曰:"椒聊之实,蕃衍盈升,彼其之子,硕大无朋。"这里的"椒聊"即花椒。花椒多籽,在古代具有多子多福的寓意,常被用作定情信物。

历史上,四川一直是中国花椒重要的原产地之一。因此,花椒也有蜀椒、巴椒、川椒之名。有相关记载,古代的四川人家里不是种竹子,就是种花椒。时至今日,在四川人的食谱中,花椒的辛麻依然是众多食客嗜之如命的味觉体验。

花椒之外还有生姜。

生姜诞生之初用于驱邪,后来,人们逐渐发现了它不一样的功效。

姜,味辛温,辛能散之,温能散寒。

先秦时期,喜欢吃辣的人总是在吃饭时嚼上两口姜,孔子便是其中的代表,传闻他每次吃饭都要吃姜。

在传统的"三香"之外,古代中国的有钱人家还普遍喜欢从胡椒等植物中汲取辛辣感受。

胡椒原产于南亚、东南亚地区,之后随着丝绸之路的开拓而进入中国。

从晋代起,胡椒就广泛入馔。西晋张华《博物志》一书中记载了胡椒泡酒的药方:

胡椒酒方,以好酒五升,干姜一两,胡椒七十枚末,好石榴五枚管收，计著中下气。

那时，胡椒在运输过程中需要进行几次中转，价格昂贵。

到了唐代，胡椒甚至可以比价黄金，用于替代官员的年俸。中唐宰相元载被抄家时，家里尚存有约等于今天六十四吨重的胡椒，这就算贪污了。

辣椒出现后，中国人最早获得辛辣来源的这些调料不再吃香。

生姜、胡椒跌下神坛，成了现代家庭烹饪时常使用的辟腥佐料，茱萸则干脆跑到教科书上成了标本，唯有花椒在嗜辣的四川人食谱之中尚存一席之地。

为什么中国人的嗜辣口味会迅速发生转变呢？

吃辣的食物，会产生一种灼痛带来的快感。这主要归功于一种叫作辣椒素的物质，它能使人心跳加快，唾液和汗液分泌加速，肠胃蠕动加速。强烈的刺激造成的兴奋感导致大脑释放内啡肽，随着内啡肽的增加，类似肾上腺素的多巴胺浓度升高，使人在短时间内处于愉悦状态。辣椒中含有的辣椒素比传统的辛料高得多，于是被端上餐桌后迅速占领了市场。

一场关于中国人吃辣的演绎就此展开。

3

一项针对饮食状况的调查显示，各种口味中，喜欢辣的人数最多，占调查人数的40.5%。爱吃辣的人中，47.28%的人每天至少吃一顿辣菜，23%的人两天吃一顿辣菜，18.78%的人一周吃一顿辣菜。

不过，对于辣的诠释，各个地区有所不同。

四川人是吃辣的先头军。

四川地处中国西南内陆地区，地跨青藏高原、横断山脉、云贵高原、秦巴山地、四川盆地几大地貌单元。受复杂的地形和不同季风环流的交替影响，四川气候复杂多样。

夏季，来自太平洋的东南季风会源源不断地把水汽往我国内陆地区输送，可以到达四川盆地西部的横断山脉地区。

另外，四川盆地位于我国的西南地区，因此也会得到部分来自印度洋西南季风的水汽。

位于四川西面的青藏高原有"世界屋脊"之称，水汽很难翻越过去而积聚于四川。因此，处于盆地上的四川经常出现阴雨多雾的天气，人们需要用辣来排除体内多余的湿气。

相较于四川，重庆更专注麻辣一味。在这座吃辣大城里，辣椒这种外国货邂逅了本土的好伴侣——花椒。

在四川隔壁，辣味对贵州人来说就更加重要了。在贵州，辣还可细分为酽辣、糟辣、香辣、鲜辣、酸辣等多种不同层次、不同变化的辣。

另外，湖南人吃起辣来也不甘示弱。都说四川人是不怕辣、贵州人是辣不怕，而湖南人则是怕不辣。

或许这与辣椒在湖南本土待的时间长有关，首先以辣椒作佐料的省份就是湖南。乾隆年间《辰州府志》记载："辰人（今湖南怀化人）呼为辣子，用以代胡椒，取之者多青红，皆并其壳，切以和食品。"

与上述的四川、贵州、湖南相比，江西在吃辣上的知名度似乎略逊一筹。不过要论起辣度来，江西可就不甘示弱了。

江西的辣没那么多讲究，也不刻意，仿佛辣一直都在江西人的血液中，从未远离。

江西人的炒辣椒就可以被称为一道极受欢迎的菜。做法简单粗暴，直接把辣椒拍扁丢到锅里翻炒即可。初入口，清脆，越嚼越有味，直到最后，灵魂深深地颤抖一下。

另外，云南、广西、陕西以及东北等地也会时常吃辣。

民以食为天，同一种味道将我们更加紧密地联系在一起。纵览各地吃辣风俗，辣味的背后诠释的是地道的风味人间。

这就是属于中国人的"辣"。

服饰简史
中国历代服饰变迁

1972年,当为期三个月的考古发掘结束时,长沙马王堆一号汉墓的考古队员们仍然兴奋不已,在随后展开的清理工作中,他们发现了十几件保存完好的西汉服饰,打开了一扇窥视两千年前中国古人服饰穿着的审美之窗。

考古队员们清理的这座古墓,是西汉初期长沙国丞相利苍的妻子辛追的长眠之所。

根据考古发现和典籍记载,我们已知,两汉及先秦时期,中国古人的服饰主要有两种：一种是"上衣下裳"，这种着装的上身和下身的衣服是不相连的；另外一种则是上衣和下衣相连成一体的"深衣"。

深衣分为两种：一种是曲裾深衣，一种是直裾深衣。曲裾深衣的边角是尖角状，穿衣服的时候，要将衣襟在腰部弯曲盘绕，然后用腰带固定；直裾深衣的衣襟则是直角状，穿上身后，衣襟有一条边与地面垂直。

这两种类型的深衣在辛追墓中都有出土，其中辛追墓出土的一件朱红菱纹罗丝绵袍就属于曲裾深衣，至今保存完好，颜色鲜艳，显得雍容华贵。

辛追墓中出土的也有几件直裾深衣，其中重量仅49克的素纱禅衣，薄若蝉翼，折叠后甚至可以放入一个火柴盒里。由此可见，古人的纺织技术之精巧。

在魏晋南北朝以前，曲裾深衣长期流行于中华大地，是正式场合的着装。它的设计复杂繁琐，用料很多，在衣饰设计上并不简洁，但为什么能长期流行呢？

对此，有专家在研究后得出了古人隐藏很深的一个生活秘密——在魏晋南北朝以前，古人基本不穿内裤，深衣之所以复杂，是为了遮羞。

考古人员在清理辛追的尸身时就发现，辛追的外衣里面根本没有穿内裤或是有内裤的痕迹。古人对于殓葬极度重视，是以"视死如视生"的方法殓葬遗体的，因此不太可能存在生前穿、死后不穿的情况。

同样，在四川宜宾东汉墓石棺出土的百戏图中，一个做百戏杂耍的艺人倒立时深衣下垂，直接暴露出了性器官。

我们很难想象古人的这种尴尬情况，但是在魏晋南北朝以前的漫长岁月里，实际上，这是一种普遍的日常现象。所以古人才要在正式的场合中，穿着曲裾深衣，小心翼翼地维护内里的"羞羞"。

与曲裾深衣相对，直裾深衣是先秦及两汉时期古人的日常服饰，但不作为正式场合穿着。因为直裾深衣不够保险，稍微下蹲或脚步过大、跑起来，就很容易走光。

2

其实，魏晋南北朝以前，古人便有了某种形式的内裤，只是这种内裤离我们今天所理解的内裤相去甚远，而且古人日常较少穿着。

公元前2世纪，尚未发家的大文豪司马相如（约公元前179年—公元前118年）前往临邛（今四川邛崃）富豪卓王孙家里做客，没想到卓王孙的女儿卓文君竟然看上了司马相如，并与司马相如一起私奔外逃。

卓王孙为此大怒，很长一段时间都不理会女儿和女婿，司马相如和卓文君只得在市场上开了一家酒馆，此前养在深闺的卓文君甚至当垆卖酒，抛头露面亲自掌管店务。为了节省成本，司马相如更是经常只穿着一块"裈"，跟店员们一起洗刷锅碗瓢盆。

什么是"裈"？

大家知道日本相扑选手双腿中间那块有点儿像三角裤的遮羞布吗？所谓"裈"，就是类似三角内裤的小短裤。

根据史学家王力等人研究，在全球各地的远古文化中，有很多地方产生了类似"裈"的遮羞布。至今，这种用一块布匹缠绕而成的遮羞布仍在一些原始部落中被使用，而先秦及两汉时期，中国古人也大量使用过这种"远古内裤"。

想到自己富甲一方，女儿、女婿却这样公开抛头露脸，女婿甚至当街穿着"裈"刷盆洗碗，卓王孙觉得自己的脸都被丢光了，无奈之下，只好让人给女儿送去一百多位奴仆和百万铜钱，让他们注意脸面，不要再干粗活。

司马相如穿的这种"裈"，在当时也被称为"犊鼻裈"。

古人在"犊鼻裈"之外也穿一种"袴"来保暖，这种"袴"的形式有两种：一种叫作胫衣，但是仅仅套在小腿上，大腿和裆部是没有遮掩的；另一种叫作袴，形式有点儿类似现代人所穿的裤子，但是它的屁股位置却是完全空的，可以说是古代版的超级开裆裤。

外表如此华丽的汉代深衣，内里竟然藏着如此"羞羞"的秘密。

3

其实早在战国的赵武灵王（？—公元前295年）时期，为了军事战争需要，赵国仿照北方骑马的游牧民族，在骑兵部队中制作了类似的裤子，以方便骑马打仗。

但随着赵国的灭亡和秦人的一统天下，赵国的胡服改良昙花一现。尽管这种仿照北方胡人穿着上衣下裤的形式在汉代的军人和劳动者中广泛流行，但上层社会和普通士人阶层仍然广泛流行深衣和上衣下裳的服装形式。

中国人真正大规模穿上裤子是在魏晋南北朝时期。

西晋（266—317年）建立后不久，就发生了"八王之乱"，随后，匈奴、鲜卑、羯、氐、羌等少数民族南下，汉人服饰开始受到影响，其中最大的改变就是中原汉人开始向游牧民族学习，大规模穿上了裤子。

前面提过，先秦及两汉时期的华夏族（汉族）在深衣之外也穿着上衣下裳，但是随着裤子的大规模普及，这种服饰穿搭普遍被上衣下裤的穿搭所取代。

北魏常山王元邵古墓中出土了一尊男陶俑，这个男陶俑上身穿着一件束腰宽袖的及膝长袍，下身则穿着一条大口裤，这就是南北朝时期北朝广泛流行的上衣下裤的裤褶装。

裤褶装学习了北方胡人衣着，实行上衣下裤，同时融合了南北朝时期南方流行褒衣博带的服装风尚，真正做到了南北融合。

北魏时期（386—534年），裤褶装从军队传播到了"朝官集团"，后来甚至发展成为参与朝会的正式礼服，这种衣着形式也深刻影响了此后千年的国人穿束。

魏晋南北朝长期分裂动荡，政治松弛之下，人性崇尚自由开放，这就使得魏晋南北朝时期的服装也追求宽博舒适。当时，上至朝廷王公，下至黎民百姓，都以宽衣大袖为时尚，除了劳动人民穿着短衣长裤，其他阶层的人都喜欢这种轻松随意、宽博自由的服饰。

东晋顾恺之所绘的《列女仁智图》（宋代摹本），画中人物无论男女，都身着宽衣大袖，显得飘逸洒脱。

4

　　南北朝后期，北魏分裂为东魏、西魏，承袭西魏的北周灭亡了承袭东魏的北齐，统一北方。后来，取代北周的隋又灭亡南陈，再次统一中国。

　　隋朝从鲜卑人建立的北魏—西魏—北周一脉而来，其统治家族也是汉人与北方的胡族民族融合的结果。例如隋炀帝杨广的母亲就是鲜卑族的独孤伽罗，即独孤皇后。杨广的外公就是著名的"古今第一岳父"、鲜卑族的独孤信。

　　与隋炀帝杨广一样，杨广的表哥、唐朝开国皇帝唐高祖李渊的外公也是独孤信。

　　由于隋唐的统治家族本身带着胡人的血脉，这就使得唐人的服饰中不可避免地融入了北方胡人服饰的众多因素。例如，在胡服的影响下，中原地区原本宽衣大袖的男服也出现了小袖和圆领的鲜卑服饰因素。

　　与中国服饰出现胡风一样，隋唐时期，古人的头冠装饰也在变化。

　　秦汉时期，贵族和官僚阶层戴着冠弁，而当时的平民百姓不被允许戴冠，他们包头发只能使用头巾，也就是帻。由于平民的帻都是黑色或青色的，因此秦代称普通百姓为黔首（"黔"有黑色的意思），汉代把奴仆称为苍头，意思就是头上包着青色头巾的人。

起初，头巾是平民庶人所戴，但进入魏晋南北朝后，由于战乱频繁，军队中许多士兵为了方便行军打仗，也经常用头巾包扎头发，在脑后扎成两条，让它两边自然下垂，这就是幞头的由来。

由于幞头简单方便，从南北朝后期开始，幞头便开始在上层社会中流行开来。

到了唐朝初期，我们在传为画家阎立本所绘的《步辇图》中可以看到坐在步辇之上的唐太宗李世民，以及穿着红色礼服的典礼官都戴着这种幞头帽。

有着胡汉混合血统的李世民家族有着开放包容的随和心态。到了李世民的曾孙唐玄宗李隆基时期，唐玄宗很不喜欢穿着当时较为正式的裤褶装，平时最喜欢穿着便装，戴着幞头。有一次，他见到宰相张说戴着冠弁，穿着裤褶装，就很不开心，还特意赐给张说一个幞头让他戴。

在这种上行下效的风气影响下，裤褶装在唐代社会逐渐退化消隐，转而流行起了头戴幞头、身穿袍衫、脚穿靴、束腰带的便服，正如《步辇图》中的红衣典礼官一样。

5

有着草原血统的唐人热烈、开放，这种豪爽之风也深刻影响了当时的女子着装。

我们在考古出土的永泰公主墓壁画中可以看到，壁画中的宫女们身着低胸罗裙,酥胸外露风情,显得神态自怡。

永泰公主是唐中宗李显的女儿,死时年仅十七岁。后来,李显复位登基,为了纪念这位心爱的女儿,下令为她修建陵墓,并将长安城中那些华丽奔放的宫女形象也绘画在了陵墓的墙壁之上,从而为我们留下了珍贵的画像资料。

唐代上层社会的女子喜欢穿着短衫、长裙,上身再披一条像长围巾一样的帔,这些长裙经常拖到地上,裙腰则高到胸部,有些则露出半乳。

例如,考古发掘的李世民的女儿新城公主的陵墓中,就出土了许多半露胸部的女俑。

虽然这种袒胸露乳的着装风格主要出现在上层社会的女子中,却反映了唐代社会女子地位崇高和当时奔放热烈的时代风格。

不仅如此,唐代女子还喜欢身着男装,像男人一样骑马、打猎,四处游玩。唐代画家张萱的《虢国夫人游春图》中就有三位仕女身着男装,与其他贵族女子和侍女一起骑行探春,慷慨气概不输男儿。

实际上,一个社会开放与否,从当时女性的衣领高低程度也可以看出端倪。

今天讨论古代的女性着装开放程度时,很多文章会着重阐述唐代女子。但实际上,与唐代的低胸装主要出现在上层社会不同,宋代的低胸装走得更远,甚至出现在了市井百姓身上。

南宋画家刘松年就在《茗园赌市图》中画了一名牵着孩童的市井女子,她的抹胸甚至低得露出了半个胸部。这并非孤例,南宋画家梁楷在《八高僧故事图卷》中也画了一名穿着低胸装打水的女子。

可以看出，商品经济比唐代更为发达的宋代，其时代风气也沿袭了唐代遗风。

宋代女子喜欢里面穿着抹胸，外面套一个褙子，这种褙子既不系带，也不用纽扣，两边衣襟自然敞开，中间豁然露出女子所穿的抹胸。宋代女子对此习以为常，并且形成了一种风尚。

例如，南宋时期的《歌乐图卷》，画中描绘了一群宫廷歌乐女伎演奏、排练的场景，其中就有几位女伎穿着红色窄袖褙子，露出里面的抹胸。

6

1279年，蒙古人在崖山之战中击败南宋最后的水军，陆秀夫背着宋帝赵昺跳海自尽，许多忠臣紧随其后。此次战役后，南宋皇朝陨落，宋人的服饰风流也随之陨灭于崖山的怒海波涛之中。

南宋灭亡后，蒙古人将大元帝国境内的人群分为四个等级，分别是蒙古人、色目人、汉人（原北方金国境内民众）、南人（原南宋民众）。与之对应，这四个等级的民众衣装服饰也各有规定，例如蒙古人可以衣着华丽，但南人只能穿最普通的服饰。

尽管元代的官场盛行蒙古衣装，但是在民间，老百姓仍然习惯穿着南宋的衣装服饰。

例如，元朝至正二十三年（1363年），由王绎执笔画人物、倪瓒补景的《杨竹西小像》中，画中人物明显一派宋代遗风，表明在南方，民间仍然沿袭着宋代的衣冠风格。

明朝光复中原后，明太祖朱元璋下令恢复汉族礼仪，并禁止在朝堂中着胡服，要求举国上下"衣冠悉如唐代形制"。

日常生活中，明代男子经常穿着一种叫作袍衫的便服，我们在明末画家曾鲸的《王时敏小像》中还可以看到这种戴着儒巾和身着袍衫的衣装。

在服饰所用材料上，与前代不同的是，明代在丝绸、麻料、毛织品之外，开始广泛地应用棉布。虽然棉花在南北朝时就已经传入中原，但在南宋才真正于南方开始流行传播。

进入明代后，棉花种植广布全国各地，明代邱濬在《大学衍义补》中提到棉花："至我朝，其种乃遍布于天下，地无南北皆宜之，人无贫富皆赖之。"

棉花的广泛种植和使用也催生了中国人衣着服饰的原料革命，并带动了江南地区的棉纺织业发展，当时有一种说法，"买不尽松江布，收不尽魏塘（今浙江嘉善境内）纱"。

此前，中国的普通百姓大多衣着麻料，但麻料的着装舒适性没有棉布好，之后棉布的普及极大地改善了普通百姓的着装舒适度。

明代初期，朝廷对民间百姓的服装禁令很多。例如，规定商人不能穿细纱，只能穿绢和布；平民衣物不能用黄色、大红色和鸦青色等，并且禁止用金绒装饰靴子等。

尽管如此，在明代江南地区，随着商品经济的发展，奢华风气在晚明时期还是逐渐兴起。

另外一件有意思的事情是，明代的男子很喜欢穿裙子。例如明宪宗就很喜欢穿着一种袍裙，并留下了一些图画资料。宪宗喜欢穿袍裙，于是朝廷重官大员们上行下效，也纷纷跟风穿裙子，有的官员痴迷马尾裙，甚至要去偷拔官马的鬃毛来制作马尾裙，以致朝堂上有的人看不下去了，上书皇帝要求加以禁止。

现在民间出现的"汉服热"中有明代锦衣卫所穿的飞鱼袍，其实仔细端详，就可以发现飞鱼袍其实就是一种袍裙。

7

但晚明的风流戛然而止。

1644年，就在李自成的农民军即将攻破北京城前夕，崇祯皇帝叫来自己的三个儿子，让他们兄弟三人速速逃命去。

当看到三个儿子衣着光鲜时，崇祯皇帝不由得埋怨了一句："都什么时候了，还穿成这个样子！"

于是，崇祯皇帝亲自动手，和宫人们一起帮着给三位皇子换上了平民服饰。按照明末清初的史料记载，三位皇子改穿"青布棉袄、紫花布裕衣、白布裤、蓝布裙、白布袜、青布鞋，戴皂布巾，作民人装束以避难"，而这些服饰显然是明代末期普通百姓的装束。

满人击败李自成农民军入关后，强力推行剃发令，并要求汉族臣民一律依照满族的制度剃发留辫，由此引发了江南等地明人的激烈反抗。在历经数十年战争，最终平定天下后，满人的剃发令随之在全国境内进行推广。

至此，汉人保留了数千年的束发扎巾戴冠的习俗被改成了前额剃发、后脑蓄发梳辫的样式。

此外，满人为了彰显马上得天下的优越感，还下令把当时人们的袖口都做成马蹄袖，这种设计是以往未曾出现过的。

进入清代后，长袍马褂成为普通平民男子的主要穿着，这种装束一直延续到1912年清朝灭亡。民国期间，北洋政府颁布《服制案》，将长袍马褂列为男子常服之一。至今，在民间一些重要的传统民俗场合，有些老人仍会穿着长袍马褂举办仪式。

清朝灭亡七年后，民国八年（1919年），英国军官庄士敦进入北京紫禁城，开始教授溥仪英文、数学、世界史和地理等课程。

在庄士敦的影响和鼓励下，溥仪剪掉长辫，穿上了西服。溥仪在《我的前半生》中回忆说，因为他剪掉了长辫，紫禁城里"太妃们痛哭了几场，师傅们有好多天面色阴沉"，但溥仪不以为意。

后来，他又穿上了西装，他回忆："（我）穿着最讲究的英国料子西服，领带上插着钻石别针，袖上是钻石袖扣，手上是钻石戒指，手提'文明棍'，戴着德国蔡司眼镜，浑身散发着蜜丝佛陀、古龙香水和樟脑精的混合气味，身边还跟着两条或三条德国猎犬和奇装异服的一妻一妾。"

那时，中国人延续了几千年的服饰妆容，也进入了激烈的变革时期。

鞋履简史
从"谢公屐"到"三寸金莲"

庄子走在路上,碰见了一个人。

此人名为曹商,来自宋国。起初,宋王派遣他出使秦国,并且赏赐了他数辆车马。他到秦国以后,把秦王哄得很开心,于是又得到了秦王的百辆车马赏赐。有此收获,曹商的虚荣心已经按捺不住了。

曹商归国途中,没想到竟遇见了大名鼎鼎的庄子。

于是他便开始了表演,对着庄子发表了一番"拉踩"的言论:"先生你居住在偏僻狭窄的里巷,贫困到要自己织麻鞋,脖颈干瘪,脸色饥黄,这是我比不上的短处;而能让大国君主省悟,使得自己的随从车辆达到百乘之多,则是我的长处。"

庄子一听,平静地回击道:"听说秦王生病召请医生,破除脓疮、疖子的人可以获得车辆一乘,舔治痔疮的人可以获得车辆五乘。

凡是治疗的部位越低下,所获赏的车辆就越多。难道你给秦王舔过痔疮吗,怎么获得的车辆如此之多?"

曹商嘲笑庄子不成,反被讥讽。

在两人的言语交锋之中,曹商用来攻击庄子穷困潦倒时说的"麻鞋",在古代是一种常见的贫苦百姓的穿着,可从中迅速判断出身份地位。

譬如,孟子曾形容前来拜见滕国之主的许行,"其徒数十人皆衣褐,捆屦、织席以为食",也是用打草鞋、织席子来描述许行一行人穷困潦倒的样子。

用来保护双脚的鞋子最早可追溯至原始社会的"裹足皮"。但随着"非其人不得服其服"的服制观念的形成,鞋子作为服饰穿着的一部分,不可避免地成了身份、地位与权力的象征。

1

商周时期,中国形成了与礼治相配的冠服制度。当时,鞋子有数种称呼,如舄、屦、履、屝等,它们的穿着场合和用料均有所不同。

以舄为例,这是一种在礼仪场合穿的鞋子。舄是指在鞋底加了木板或注蜡的双底鞋,比较厚,可防潮、保暖,只有贵族阶级才穿得起。

根据《周礼》记载,周王朝曾设立"屦人"一职,专门负责管理天子和王后穿的鞋子。于天子而言,脚下之舄可分为三等,分别为赤、白、黑三色,其中赤舄为天子身着冕服时所穿。相对应,王后之舄也分为三等，分别为玄、赤、青，王后只有在身着祭服时才能穿玄舄。

相较于高端的舄，屦和履则是工艺没那么高级的单底鞋的统称。两者的区别主要在于屦多用于日常生活，履多用于礼仪场合。

根据制作材料的不同，单底鞋也有高低贵贱之分。丝绸做的鞋为丝履、丝屦。史籍记载："国家靡敝……君子不履丝屦。"可见穿丝履是富足的象征。而用葛、麻等草料编织而成的鞋子就是穷人或治丧时才穿的草鞋。

扉也可用来指草鞋，或是皮革做的鞋子。

高级的鞋子除了用料和颜色，在装饰上也有讲究。

《晏子春秋》记载，齐景公曾特制过一双鞋，选用黄金做鞋带，用银做装饰，串起一颗颗珍珠，还用上等的玉料做鞋头装饰。完工后，这鞋又长又重。当晏子上朝觐见景公时，由于鞋子太重，景公只能堪堪抬脚，实在是"寸步难行"。

那时，鞋面上的装饰分别称为绚、繶、纯、綦。

中原地区所穿的鞋子都属于浅帮鞋。而当时的西北地区，由于寒冷、干旱等气候特征，那里的人穿的多是用兽皮制作的高筒靴。之后，这种靴子随着战争流传到了中原。

这一切源于公元前307年，赵国第六代君主赵武灵王（赵雍）的一句"吾欲胡服"。

许久以来，中原地区习惯称域外北地为胡地，称异族为胡人，胡人所穿的服装自然也被称为胡服。

战国时期，赵国北临燕国，东临东胡，西临林胡、楼烦、秦国和韩国边境。对赵武灵王而言，这种地缘关系十分窘迫，守住国家边境乃头等大事。

经过数次战争，赵武灵王发现了中原军队在装备上的劣势：在与游牧民族的游击战中，宽大的上衣下裳显得笨重、不灵活，脚上的浅履也不适合跋山涉水。

于是，他与两派不同背景的重臣商量，认为应推行胡服骑射。

这是一个壮举。因为传承自西周的衣冠礼俗自上而下，早已深入人心。如今要推行那些中原人"瞧不上"的胡服，无异于离经叛道。

赵武灵王也很清楚，此举一出，"世必议寡人"。不过，为保社稷安定，他早已做好"负遗俗之累"的准备。

赵国所采用的胡服为窄袖短衣、合裆长裤和短勒胡靴。这样的装束有利于骑兵与步兵在战场上大展身手。

服装改良后的赵国军队实力果然大增。随后几年，赵军屡有捷报，不仅守住了边界，还开疆拓土，痛击了中山、林胡和楼烦等国，成为强国之一。

靴子便是从这时起进入中原的。

2

时间来到了秦汉时期，社会制度得到了重建。这时，由于社会生产力的进步，鞋子的样式往多元化的方向发展。男子多穿方头鞋，女子多穿圆头鞋。

而随后的魏晋南北朝时期，中国的鞋文化呈现出一种独特的风景——木屐盛行。

当时，上至天子贵族，下至文人士庶，都爱穿木屐。西晋阮孚喜欢收集木屐，当时的人认为他肯定为外物所累，境界不高。但阮孚说："未知一生当着几两屐？"人这一生能穿几双木屐呢？阮孚说完，神色自若。人们这才知道，原来阮孚对外物还是很看得开的。从此，世人便以"阮家屐"或"几两屐"来代指木屐。

所谓木屐，是在屐的底部装竖直的两齿，前后各一。这样避免了鞋底和地面进行接触，方便蹚水溅泥。同时，穿着的人也会因竖起的木齿而显得高挑，走起路来带有几分飘逸之感。

春秋时期，著名的木屐爱好者中有孔子。相传，孔子前往蔡国，在客舍休息时，半夜有盗贼偷走了他的一只木屐，然后放到一户被盗之家进行栽赃陷害。这是因为孔子的木屐长一尺四寸，异于"凡人"的木屐，很好辨认。

后来，由于孔子名气大盛，他穿过的木屐还以"孔子屐"的名目跟王莽的头颅、刘邦断白蛇的剑等奇珍异宝一同收藏到国家府库之中。只可惜，这木屐在西晋元康五年（295年）的一场大火中被烧，未再得见。

一直以来，穿木屐的人并不少，但直到魏晋时期才成为潮流。木屐的流行自然离不开风流名士们的"代言"。

首先，穿木屐后高挑的身姿很符合这一时期人们的审美追求。

根据《颜氏家训》记载，梁朝全盛之时，贵族子弟多不学无术，他们喜好打扮，熏衣剃面，傅粉施朱，捣鼓一番后，便驾着长檐马车，穿着后齿较高的木屐出门了。他们把玩的器物常放置在左右两侧，出入从容自若，这样的派头看上去就像一个"神仙"。

其次，木屐是一种方便行走的工具。

在曹魏和蜀汉的战场上，魏帝面对满地蒺藜，就命令士兵们穿着平底木屐前行，最终顺利通行。南朝时，著名诗人谢灵运还曾改良出一种十分适合登山的可拆卸式木屐。

根据记载，谢灵运常穿着木屐登山，而他所穿的木屐，上山时可以去前齿，下山时可以去后齿，从此登山如履平地。

如此灵活实用又安全的"谢公屐"深受后人喜爱。唐朝诗人李白在"梦游"天姥山的时候就曾幻想自己"脚著谢公屐，身登青云梯"。

而大文豪苏轼也曾有过一段"木屐"轶事。相传，某日苏轼外出拜访归途中，忽然风雨大作，于是他向农家借来箬笠和木屐。

然而，因为不习惯，穿着木屐的苏轼走起路来摇摇晃晃，让路过的行人忍俊不禁。但苏轼不以为意，坦然自若。后来这一趣事为文人墨客津津乐道，也被后世许多画家所绘出。

关于木屐在魏晋时期的流行，还有一个不得不提的原因：当时流行服食"五石散"，穿着木屐方便名士们行走，从而散发体内的热量。

3

木屐的潮流过去之后，中国迎来了靴子的黄金时代。

从魏晋南北朝开始，各族内迁建立了多个政权，与原来的中原文化实现了交融。在这个过程中，北方游牧民族的服饰逐渐为汉人所接触和熟悉。

此时，虽然胡服被禁止，但"长帽、短靴、合袴、袄子"这种明显带有胡风的穿着却被民间男子所接纳延续，"上衣下裤"逐渐成为北朝服饰的主流。

等到杨隋再次统一中原，李唐继之后，这样的主流穿着更是从北至南逐渐风靡起来。

国力强盛的隋唐因为自信，所以包容，这便是胡风得以盛行的原因。

穿靴的人有男有女，有官有民，有汉有胡。而面料和样式更是多样，有高筒、短鞠等，有棉、丝等，有尖头、圆头、高头、平头等。

史载，隋炀帝出巡时，曾命百官身着戎服随从，而他们的戎服下穿的就是黑色白底的皂靴，亦称马靴。这身穿着打扮在之后成为朝服。

唐朝建立后，靴子被正式钦定为宫廷官鞋。

这种可以穿着上朝的靴子每只由六块皮缝合而成，寓意东、西、南、北、天、地六合，被称为"六合靴"。一开始，大家大多穿高筒靴，后来慢慢流行短靴。男子上朝、日常都会着靴，而女子则是宫女、歌舞伎和乘骑妇女着靴较多。

唐代宗上朝时，身旁两侧服侍的宫女穿的就是红色的锦靴。红锦靴在当时算得上是时尚单品，李白《对酒》一诗就曾写到吴地美女的红锦靴："蒲萄酒，金叵罗，吴姬十五细马驮。青黛画眉红锦靴，道字不正娇唱歌。"

一直到宋代，宫中女子依旧流行穿靴子。苏轼在去杭州做官之前，梦见宋神宗召见他，一去，就见"宫女环侍，一红衣女捧红靴一双，命轼铭之"。

除了靴子，原来的浅帮鞋也有市场。

唐代妇女常穿的是一种轻巧便利的翘头履，也称重台履、高墙履。它的特色在于鞋头的翘头装饰大有文章。上指青天的翘头如同国家实力一般，国家越强盛，翘头越高、越精致。翘头上可以是凤凰、虎头、虎眼等绣花样式，手工细腻，生动逼真。

翘头履除了有平步青云的寓意，其翘起的鞋头还可以托住长长的裙摆，以免绊倒或行走不便。

普通人家穿不起飘飘然的长摆衣服，自然无须穿鞋头高高翘起的翘头履。他们选择的是简单的麻履、草履。比起前人，唐代的草鞋不管是编织技术还是装饰，都有了极大的进步，可谓简约而不简陋。

4

当宋朝建立后，人们的服饰逐渐从绚丽走向了质朴。

关于脚和鞋，不得不提一种病态的社会风俗——女子缠足。这一落后、残忍的封建礼俗影响巨大，直至民国时期才被真正地废止。

一般认为，缠足之风自五代十国起。相传，南唐后主李煜让自己的嫔妃以帛缠足，把脚掌弯曲缠作新月状，然后穿着素袜在莲花池中翩翩起舞。从此，女子们纷纷效仿。

无论缠足之风是否从李煜兴起，到两宋时已比较流行，当然，这时依旧主要在宫廷贵族妇女中流行。苏轼曾作《菩萨蛮》一词专门吟咏缠足：

涂香莫惜莲承步。长愁罗袜凌波去。只见舞回风，都无行处踪。

偷穿宫样稳。并立双趺困。纤妙说应难，须从掌上看。

曾有记载，宋时女子有鞋名为"错到底"，鞋底尖锐，由两色合成。这应该是早期的缠足鞋。

而从元至清，在男权社会畸形审美的暗示下，缠足开始渗透到各个阶层的女性，往越来越小的方向发展，脚越小越被认为美，缩至三寸，才可称为"金莲"。

缠足的方法是，在女孩三至五岁时，用长布条将拇指以外的四根脚趾连同脚掌折断弯向脚心处，形成脚背弯曲的笋状。所以后来小脚所穿的鞋子被称为"弓鞋"。

尽管弓鞋颜色绚丽，刺绣精美，但以现代人的目光来看，实在难以接受这种"艺术"。

满人入关后，其实统治者并不倡导缠足之风。顺治元年（1644年），朝廷曾下令，"有以缠足女子入宫者斩"。后康熙三年（1664年）又下令，"自康熙元年后所生之女概禁缠足"。

然而，社会上针对女性的审美已经扭曲，缠足之风屡禁不止。只有刚入关还没被这种陋习荼毒的旗人女子，穿的是清宫大戏里常见的高底鞋，一般为花盆底、高底、马蹄底等。

关于高底鞋的来历，一种说法是过去满族妇女经常上山采集野果、蘑菇等，为方便在树木灌丛中行走，防止伤害绣花鞋面，便在鞋底绑缚木块。后来这种鞋子日益精巧，便发展为高底的"旗鞋"。

在古代女性备受压迫的几个朝代，男人们又穿什么鞋呢？

主要还是靴。

辽、金、元时期，靴的造型简单，多数无装饰。

到了明初，靴被定为"公服"，但此时，官吏和平民皆可穿靴。直到洪武二十五年（1392年），朝廷下令禁止商贾、技艺等庶民百姓穿靴。

清朝初年，仍然规定平民百姓不得穿靴。于是靴成了官阶和权力的一种象征。

典籍流传史
典籍里的中国

从史家绝唱、经学典籍，到科技专著、诗词歌赋，都书写着民族的源流脉络，讲述着文明的沧桑巨变。

典籍的诞生被先人赋予了神圣的传说，《尚书伪孔序》中记载：

古者伏羲氏之王天下也，始画八卦，造书契，以代结绳之政，由是文籍生焉。

意思是，早在三皇之一的伏羲时期，华夏就已发明书籍，改变结绳记事的旧俗。

此外，还有"河出图，洛出书"的记载。汉朝人认为，伏羲之所以画八卦图，是因为看见龙马出于黄河，身有纹路，而大禹时神龟出于洛水，背有文字，大禹据此演为《洛书》。

1

几千年来，中华典籍浩如烟海，既通过石器、玉器、甲骨、青铜器、秦砖汉瓦、竹简木牍、缣帛纸张等流传至今，又是思想与知识的外化，从诸子百家、医学、科技到佛道经学，每一页都是文明的结晶。

中国人的典籍与文字几乎在同一时期出现。

河南安阳殷墟出土的甲骨文，年代在三千多年前的商朝后期，为目前已知最早定型的汉字（此前大汶口等文化也有象形符号，但尚未形成文字）。

甲骨文本是殷人占卜留下的遗物。他们先刻文字于甲骨之上，然后通过烧灼龟甲、兽骨占卜凶吉，并根据卜兆裂纹，作为卜辞。

在考古发掘中，已发现殷商甲骨文有编连成册的痕迹。考古学泰斗董作宾回忆说，有一次他在整理甲骨时，发现有几块龟甲粘在一起，揭开一看，其右角有"册六"二字，而另一端还有一个缺断的小孔。他推测，这个孔是用来贯穿编连龟甲的，这些龟甲原本应该是完整的一册。

甲骨文的内容包罗万象，一片甲骨上的文字少则几个字，多则上百字，涉及征伐、狩猎、畜牧、农耕、祭祀、气象及灾害等各个方面。从这些无声的文字中可跨越时空，探寻商代先民的生活，甚至感知他们的喜怒哀乐。

以其中一片龟甲上的卜辞为例：

乙巳卜彀贞（壳上的纹路），王大令众人曰协田。其受年，十一月。

这是殷人的一个生活片段。乙巳这天，根据占卜结果，商王下了命令，让平民种田。他问，有好收成吗？史官记载此事时，正是这一年的十一月。

殷商尊重文字与典籍的传统被周朝继承。
《尚书》记载，周武王联合其他部族战胜末代商王帝辛（即纣王）后，他的弟弟周公旦对殷商遗民训话：

惟尔知，惟殷先人，有册有典，殷革夏命。

周公旦向殷人解释说，周灭商是合法地秉承天命，你们看，殷商先人的典籍上不也写着"殷革夏命"吗？

周人尚文重礼，仍有用甲骨记录卜辞的习惯，也将文字铭刻在另一种载体——青铜器上。

青铜器发展到西周，铭文字数开始增多，成为继甲骨之后又一种重要的文字载体。其中，记录周王任命毛公为执政大臣的毛公鼎铭文多达497字，在目前所见青铜器铭文中为最多。

西周大克鼎，其铭文290字，记载了周天子对大臣克一家的赏赐与任命。通过这段铭文，我们得知，克铸造大鼎是为了祭祀祖父师华父的在天之灵，感激周天子对他们一家祖孙三代的提拔。

现藏于中国国家博物馆的西周虢季子白盘，则以111字的铭文记述了虢国的子白战功赫赫，周王为他设宴庆祝，并赐予弓马的故事。

1976年出土于陕西临潼县的西周利簋，铭文只有4行33字，却记载了一件大事——周武王在甲子日清晨出兵伐纣，一夜之间就将殷商灭亡。这段史料印证了《尚书·牧誓》中牧野之战的记载。

青铜器铭文亦是华夏典籍的原典。

2

周平王东迁洛邑后，进入春秋战国时期。这个时代被批判为"礼崩乐坏"。不过，也有好的转变。

东周时期，文化中心开始下移。以前，典籍被西周官方垄断，不能流传民间，叫作"学在官府"，孔子之前，"惟官有书，而民无书"。到了春秋战国时期，学在官府，变成了"学在四夷"，周王室与诸侯的藏书开始向列国贵族与学者开放。

于是，百家争鸣，著书立说，典籍初兴的时代到来。

春秋时期产生的典籍内容不再局限于商周甲骨文、青铜铭文中的档案资料、政教典章，而是更注重表达思想、传播知识，在一个蒙昧时代，成为华夏民族的启蒙资料。

孔子正是当时文化名人的代表，他创立私学，门下弟子三千人，精通六艺者七十二人。他还自己动手对当时已有的典籍进行搜集整理，编成教材，成为我国现存最早的文化典籍《诗》《书》《易》《礼》《乐》《春秋》，即儒家的六经。

"孔子读《易》，韦编三绝。"孔子勤读《周易》，因为反复研读，翻了很多遍，连用来编连竹简的熟皮绳子都严重磨损，断开多次，不得不多次换上新的再用。

从文献记载与出土文物可知，这一时期，竹、帛已取代金、石，成为典籍生产的主要材料。

竹简编排成册，有像孔子一样用皮绳，也有用各种颜色的丝绳编成的。而制竹简的方法是，将竹子火炙去汗后，刮去青色表皮，以便书写和防蠹。这一道步骤被称为"杀青"。

《墨子·兼爱》中有个故事。有一人问墨子："我们怎么知道先贤的德行呢？"墨子说："我并未与先圣六王生在同时，更未曾亲聆其声、亲见其颜，我不过是靠阅读书写在竹简缣帛、雕刻在金石盘盂上的文字记载，才知道他们的贤德懿行。"

春秋战国时期，孔子开创的儒家与墨子开创的墨家并称为"显学"。

除此之外，还有以老子等为代表的道家，以商鞅、韩非子等为代表的法家，以邹衍等为代表的阴阳家，以惠施等为代表的名家，以张仪、苏秦为代表的纵横家，以孙子、孙膑为代表的兵家，以许行等为代表的农家，以吕不韦等为代表的杂家，百家争鸣，不胜枚举。

伟大的先贤们奠定了中华文化各个领域的理论基础，带来我国古代典籍的初兴，留下了大批文化遗产。

不幸的是，其中不少先秦典籍已经失传，如农家的《神农》

《野老》、名家的《惠子》、阴阳家的《邹子终始》、法家的《申子》等。

从诞生到流传，典籍往往需要经过无数次涅槃，才能够传世至今，实属了不起的千秋功业。

3

大秦帝国的崛起始于秦孝公时期的商鞅变法。作为法家人物的商鞅，主张烧毁与之相对立的儒家著作《诗》《书》等。《商君书》中说，只要百姓不在意学问之争，就会专心农耕。这无疑是一种愚民政策。

嬴政灭六国后，将商鞅的思想付诸行动。

秦朝始皇帝九年（公元前213年），在一次关于分封制与郡县制的争论后，嬴政采纳李斯的建议，颁布严酷的焚书令，烧毁在民间流传的《诗经》《尚书》等诸子百家典籍。

李斯向始皇帝指出，儒生"不师今而学古"，是在否定现行制度，扰乱老百姓的思想。

焚书后，秦朝官方还留存了许多诸子典籍。七年后，起义军将领刘邦攻入秦都咸阳，其他将士忙着庆功，随军的萧何却及时保护了秦朝藏书，使其中一部分避免了被毁的厄运。

之后，项羽与刘邦开了场鸿门宴，率大军浩浩荡荡进入咸阳，杀死此前已经投降的秦王子婴，放火烧毁咸阳宫室。大火烧了三个月，咸阳城中的秦朝官方所藏典籍皆化为灰烬。

当无数典籍毁于烈火中时,一位老者默默守护着他珍藏的《尚书》。当时,私藏儒家典籍是死罪,老者伏生曾为秦博士,借机藏下百篇《尚书》。兵荒马乱之中,伏生回到老家济南,将这些典籍藏于墙壁内。

汉朝废除挟书令,在民间搜寻逃避"秦火"的珍稀典籍。汉文帝听说了伏生这批秦朝典籍的下落,征召伏生进京,但他年事已高,无法从老家山东赶往长安。

于是,汉文帝派大臣晁错前去拜见伏生,请老人家当面传授《尚书》。当时,伏生所藏《尚书》有数十篇已经亡佚,晁错从他手中得到《尚书》二十八篇,以汉隶书写,后世称《今文尚书》。

有学者认为,伏生出生战国末年。因为晁错见到他时,他已经九十多岁了,早已言语不清,却始终留着一个信念,那就是将典籍传下去。

秦汉之后,历代统治者皆重视对典籍的搜集、保护。汉朝罢黜百家,独尊儒术,尤其注重儒家典籍。为保护典籍,皇帝甚至下令将其刻为石碑。

东汉灵帝熹平四年(175年),洛阳城南的太学立起了四十六块石碑,上书儒家六经,由著名学者、书法家蔡邕用隶书书写而成,此即《熹平石经》。书成之日,前来观赏与摹写的人络绎不绝,每天有上千辆车堵在洛阳街道上。

蔡邕也是一位博学多才的藏书大家,为我国历史上第一个有明确文献记载的藏书万卷的藏书家。东汉末年,蔡邕将部分藏书送给了时年十四岁,后来成为建安七子之一的王粲,而更多的典籍则在董卓之乱后毁于战火。

曹操是蔡邕一家的故交，有一次他问蔡邕之女蔡文姬："我听说你家里先前有不少藏书，你还有印象吗？"蔡文姬答道："先父的藏书大多已流离涂炭，我如今能完整背诵并记住的不过上百篇而已。"

蔡邕的万卷藏书逃不过末世的离乱，《熹平石经》也在千百年间历经沧桑，仅余残石，现存八千多字。

在蔡邕所书《熹平石经》之后，还有曹魏朝廷下令刊刻的《正始石经》、唐朝《开成石经》、北宋《嘉祐石经》、清朝《乾隆石经》等。历代贤哲也在各地摩崖刻石，书写佛道经典、文书。

中华典籍凝固在山石碑刻之中，至今不朽。

秦汉之后，典籍遭受的劫难更甚始皇帝焚书坑儒。

六朝焚纬，将曾经大行其道的谶纬典籍付之一炬。所谓谶纬之书，起源于西汉，是一种附会六经经义的著作，对大自然某些偶然现象进行解释，将其视为天下兴亡的征兆，实际上是一种被人利用的政治预言。

西汉末年，王莽篡汉就是假借谶纬之学，哪里有什么祥瑞之兆，他的亲信就往朝廷上报，给王莽包装一个堪比周公的贤德人设。之后，刘秀中兴汉室，也是凭借谶纬之书。到了南北朝时期，皇帝们怕臣民学王莽、刘秀，危及其统治，就下令禁毁图谶之说。

隋朝时，隋炀帝杨广在夺嫡之争中不择手段，登上帝位后，担心世人以图谶说自己坏话，便命官吏四处搜查天下书籍，疯狂地焚毁谶纬之书，不分官私。至此，谶纬之书基本绝迹，只有《周易乾凿度》

一种流传下来。

虽然谶纬多为迷信内容,但也有不少古代神话、传说、科技的记载,《诗》《书》经过秦始皇与楚霸王放的两把火后还能流传,谶纬之学却彻底退出了历史舞台。

从南北朝到五代十国的数百年间,还有"三武一宗"灭佛,这是佛教典籍遭受的政治灾难。

两汉之际,佛教传入中国后迅速发展,与本土的儒学、道教形成天下三分之势。北魏太武帝、北周武帝、唐武宗与后周世宗在其统治期间,为了打击佛教势力,都曾下诏禁佛,大毁佛教寺庙,焚烧佛典。

唐武宗会昌年间(841—846年),佛教典籍焚毁惨烈,甚至出现无典可藏、无经可读的情况。当时,日本僧人圆仁来唐求法,却被迫还俗。在去长安的路上,他将一些典籍寄放在楚州(今江苏淮安)翻译刘慎言处,当他再次回到楚州时,所藏佛典尽毁。

然而统治者的独断专行依旧无法杜绝典籍的流传,民间僧侣、信众、学者不惜性命,将一部分典籍保护下来,最终捍卫了这些宝贵的文化遗产。

这一时期,雕版印刷术出现。雕版印刷比原本手抄典籍更有效率,只要雕刻一套板,就可大量地印制典籍。但每套板只能印一种书,若要更新,就要另雕一套板。雕版印刷至迟在唐初已经成型。

贞观十年(636年),唐太宗李世民的皇后长孙氏不幸病逝,年仅三十六岁,留下一代贤后的好名声。宫女将她所编纂的《女则》十篇呈献给李世民。李世民睹物生情,更加悲痛,下令"梓行之",以纪念他们夫妻的爱情。

梓行，即雕版印行的意思。这是有史记载的宫廷最早用雕版印刷刊行的典籍，还是一部妇女著作。从此之后，关于雕版印刷的记载逐渐增多。

北宋庆历年间（1041—1048年），平民毕昇发明活字印刷术，改良了印刷典籍的技术，中华典籍的生产又一次发生重大革新。

毕昇发明的泥活字印刷，即用胶泥刻字，每字为一印，按照典籍内容排列，随时替换，非常方便。

如此一来，印刷效率更快，这比德国人谷登堡用活字排印书籍早了四百年。直到清朝，毕昇的活字印刷术仍被广泛采用。

宋末，北方的蒙元崛起，横扫天下，后来参与制定元朝典章制度的汉人姚枢，在金朝做过一阵子小官后，弃官避祸，携一家老小隐居于今河南辉县。

在这个河南小城，姚枢除了开垦荒地，每日干农活外，便是用毕昇发明的活字印刷排版印制《小学》这类书，传之于民，造福四方。后来，他被元朝起用，成为一代名臣。

姚枢不仅屡次劝说蒙古贵族停止屠戮，而且还对儒、道、释、医、卜等各类典籍进行收集、保护，使典籍不再毁于蒙古铁骑的野蛮践踏。

蒙古军队攻下湖北德安后，俘虏了人称"江汉先生"的学者赵复，姚枢前去劝勉一心求死的赵复，告诉他，只有活下来，他的毕生所学才能传诸后世。赵复虽不愿跟随姚枢北上，但相信姚枢的传道之心，将所藏八千卷书全部托付给了姚枢。

正因为有了这些学者的守护，宋朝虽亡，文脉不绝。

明清时期，我国古代典籍发展达到极盛。永乐大帝朱棣为彰显国威，命解缙、姚广孝等千名学者、大臣网罗天下典籍，编成《永乐大典》，这是当时世界上最大的百科全书。可惜的是，该书大部分毁于火灾和战乱，只有八百余卷散落于世界各地，存留下来的不足原书的4%。

毁书最严重的王朝莫过于清。清朝的文字狱对典籍造成难以估量的损失。

在清初的明史案中，浙江湖州富户庄廷𨰻购买了前朝朱国祯编纂的《明史》，并召集江浙一带的名士对原稿进行增补，募集印刷匠刊印，以庄氏的名义出版发行。书中详细记载了崇祯与南明隆武、永历二帝的经历，提及清军入关的历史，却不用清帝年号。不久后，此书被人告发，清廷震怒。

当时庄廷𨰻已死，他的家人与参与印刷、卖书的人都被捕处死，就连一些曾经购书的人也不能幸免，前后有两百多人死于非命。

除了《明史》案，康、雍、乾年间还有戴名世案、查嗣庭案、吕留良案等。据统计，康、雍、乾三代兴起的文字狱有一百多桩，被毁典籍不计其数。

这一时期，只言片语就可能招来祸害。有关明史的著作或者被清廷认为议论偏谬，有影射之嫌的著作都被一并禁毁，如高拱的《边略》、张居正的《太岳集》、叶向高的《四夷考》、顾炎武的《亭林集》、黄宗羲的《行朝录》等都在焚毁之列，流传下来的，也是十不存一。清廷的思想禁锢也在一定程度上导致了中国近代前夜的落后。

乾隆皇帝在位时，为了显示自己的雄才大略，决定编一部庞大的《四库全书》，涵盖经史子集等各类典籍，还为收藏《四库全书》修建了包括紫禁城文渊阁在内的南北七阁。

然而，乾隆命人编纂《四库全书》，还打着自己的小算盘，他说："明季末造野史甚多，其间毁誉任意，传闻异辞，必有抵触本朝之语，正当及此一番查办，尽行销毁，杜遏邪言，以正人心而厚风俗。"

编修《四库全书》也包括禁书、毁书、焚书，销毁不利于清朝统治的书。所以当乾隆帝颁发征求图书谕旨时，民间藏书家不敢轻易献书，因为文字狱给他们留下了深刻的心理阴影。

4

私人藏书成为文化迫害下的最后一片桃花源。

明清时期，江浙一带为私家典籍收藏的主要区域。乾隆编修《四库全书》后，为了修建防火、防潮、防蠹、能够长期保存书籍的藏书楼，特意派人前往宁波了解范氏天一阁的构造。

天一阁建于明嘉靖年间，历经四百年不毁，是我国现存最古老的藏书楼，第一任主人为退隐的明朝兵部右侍郎范钦。

范钦嗜书如命，不但在天一阁的建设上费尽心力，还严格管理楼中典籍，他的书不轻易借人，就算是亲族也不外借。范钦怎么也想不到，天一阁的建筑可防止典籍受潮霉变，却无法躲过乱世之劫。在明末、晚清、民国的多次战乱中，天一阁的藏书先后被盗，到解放初期，范氏藏书仅余七分之一。

除了天一阁等明代藏书楼，清代还有四大私人藏书楼分布于南北各地。在江浙一带，江苏常熟有瞿氏修建的铁琴铜剑楼，浙江湖州有陆心源建的皕宋楼，杭州有丁氏修建的八千卷楼。

北方藏书楼则以杨以增修建的海源阁为代表。

海源阁位于山东省聊城市，所藏为清朝大臣杨以增在贵州、陕西、湖北等地为官时搜罗的典籍，明末战乱后，由钱谦益等学者收集的典籍也被他购得，藏书总数达几十万卷。杨氏认为，书籍是知识的海洋，学者应该"涉海而探源，知源之所出"，于是将藏书楼取名为海源阁。

5

典籍也是文明的无尽之源。

有的人为了典籍而奔走。

晚清时，八千卷楼主人丁申、丁丙兄弟俩一生致力于收藏典籍。太平天国运动席卷大江南北，许多藏书楼的珍藏被弃之如敝屣，藏于杭州文澜阁的《四库全书》也被盗毁，或在市场上论斤叫卖，或被当作包装食物的纸张。

丁氏兄弟一边逃难，一边四处打听，花费巨资收回大批典籍，还在半夜里潜进文澜阁，将残留于此的万卷《四库全书》捆成八百多捆，运到上海保护起来。此后，经过丁氏兄弟四处求购，文澜阁所藏《四库全书》大体恢复原貌。

有的人为了典籍而悲叹。

19世纪末，负责看守敦煌莫高窟藏经洞的王道士将一些敦煌经卷当作礼物送给了来往客商和达官显贵。

后来，洋人斯坦因与伯希和相继慕名而来，他们通过哄骗王道士，骗去了大批的经卷典籍。此时，已有大量敦煌经卷遗失在国内。当中国学者意识到国宝流失时，为时已晚。陈寅恪为此慨然道："敦煌者，吾国学术之伤心史也！"

有的人为了典籍而战斗。

《赵城金藏》被称为国家图书馆"四大专藏"之一，为我国第一部木刻版汉文大藏经《开宝藏》的覆刻本，于1933年在山西省洪洞广胜寺被发现。

这一国宝险些被抢到日本。抗日战争时，日军企图以武力抢夺《赵城金藏》，当地群众得知此事，联系上八路军，连夜将经书运出广胜寺。几年后，移交北平图书馆（今中国国家图书馆），保存至今。即便是在战火硝烟中，典籍仍然牵挂着无数人的心。

从典籍诞生的那一天起，其命运似乎注定坎坷。

早在典籍初兴的春秋时期，齐国有一个名叫崔杼的大夫，弑君夺权，执政后逼迫史官给他写几句好话。齐国的史官太史却秉笔直书，坚持写下一句："崔杼弑其君。"

当时史官是世袭的，愤怒的崔杼一连杀了太史氏兄弟三人。崔杼对太史氏最小的弟弟说："你的哥哥都被我杀了，你不怕死吗？你就照我说的，把这句话删了吧。"太史氏却宁死不屈。

齐国另一个史官家族南史氏也站了出来，表示如果崔杼把太史一家杀光了，他们会接着写。"崔杼弑其君"这个史实再也无法抹去，由典籍记载着一代代流传下来。

这就是典籍的力量,无论是史家绝唱、经学典籍、科技专著,还是轶事趣闻、宗教经书、诗词歌赋,典籍书写着民族的源流脉络,讲述着文明的沧桑巨变。

典籍尚在,历史就在;典籍不亡,文明不亡。

第三章 奇闻异事

ALL KINDS OF ANECDOTES

神童简史
天才儿童被神化的真相

清末，山东历城有一个名叫江希张的男孩，当时被称为"第一神童"。

他"神"到什么地步？

三岁能识八百多汉字，背诵一百多首唐诗，到了四岁时已能熟练地吟诗作对，所作诗文意境赶上一般成年人。

山东巡抚孙宝琦曾经力荐四岁的江希张进京，给大他一岁的宣统皇帝当伴读。康有为见了他，表示愿意破例收他为徒，还把自己的《大同书》书稿拿给他看。

江希张七岁那年编了一套《四书白话解说》。此书浅显易懂，观点新颖，又正好赶上新文化运动，一经推出就备受追捧。

从江希张后来的经历来看，他确实是一个天赋很高的人，但之所以从小就这么"神",只能说他的父亲江钟秀是一个制造神童的高手,江希张不过是在他炮制的剧中扮演角色。

自出生起,江希张的父亲就费尽心思对他进行"包装",说之前做了个梦,一个乞丐在他面前变化成了一个婴儿,不久后儿子出生,江希张乃是"武训转世"。

武训是老江家的山东老乡,生前行乞数十年,却省吃俭用,在当地办了三所学校,成为社会敬重的大善人,也是当地文化的代名词。

"千古奇丐"转世成了"大清神童",真的神了!

江钟秀是个秀才,算是方圆十几里小有名气的文化人,他不仅让江希张学儒家经典,还给儿子灌输道、佛等宗教思想,并大肆宣传儿子"五岁已完诸经,写作皆能,外国语言亦知大略",声名远播,全山东无人不知,无人不晓,甚至惊动了山东巡抚。

江希张七岁时编的那部成名作《四书白话解说》是江钟秀请了几个读书人一起给儿子"指导"写成的,但全书署名只有一个——"七岁童子江希张",其实根本不是江希张的个人作品。

江希张不是第一个被过度包装的神童,也不是最后一个。

中国自古不缺神童,而且不同时代有不同类型的神童。那些被称为神童的人,后来都怎么样了?

1

神童是什么?其实就是成人化的小大人。

垂髫孩童人小鬼大,做出了一些成年人才能做的事,人们觉得很了不起，就称之为"神童"。《册府元龟》对此类神童有过论述："若夫幼而慧，少而成者，益可贵矣……老成之姿，著于容止，赋笔之丽，成于俄倾……"

在古代，"神童崇拜"有悠久的历史，甚至对一些原本没有"神童经历"的大人物，人们也愿意相信，他们小时候是神童。

最早的神童天团是史书记载的上古君王，如五帝之首黄帝、夏的开创者禹、商的始祖契、周的始祖后稷等，他们都是以神童的面貌横空出世，要么出生经历离奇，要么从小智慧超群。

在古代史书中，黄帝生下来没多久就能说话，到了十五岁已经无所不知。

其实这类记载是出于先民"圣而不可知之之谓神"（《孟子·尽心下》）的心理。由于神灵信仰和自然崇拜，人们相信，这些伟大的领袖必然与神明有某些关系，甚至可能就是神的儿子。这一类神童更像是"神化的儿童"，在后世的宗教神话与帝王传说中屡见不鲜。

时代不同，被推崇的神童也不一样。

春秋时期，礼崩乐坏，这时候人们需要礼义型神童，于是有了"项橐七岁为孔子师"的故事。

战国时期，合纵连横，这时候人们需要谋略型神童，于是有了"甘罗十二岁官拜上卿"的故事。

《史记》记载，甘罗是秦国宰相甘茂的孙子，年仅十二岁，已经成为秦相吕不韦的亲信。

当时，吕不韦想扩张领地，打算派秦国大臣张唐去燕国为相，然后联合燕国攻打赵国。

此提议遭到了张唐的拒绝。

甘罗站了出来，跟吕不韦说："我有办法。"

甘罗前往劝说张唐，问道："您和武安君白起相比，谁的功劳更大呢？"

张唐回答："我当然不如武安君。"

甘罗接着说："您自知功不及武安君，也该知道如今吕相国权势比当年的应侯范雎更大，白起阻拦范雎攻打赵国而被秦王处死，如今吕相请您去燕国任相而您执意不去，我不知您将身死何处啊！"

张唐一听，很是担忧，想着那就听这小朋友的话，前往燕国碰碰运气吧。

故事到这儿还没结束。此后，甘罗单独出使赵国，以秦燕联盟为由，骗赵国攻打燕国。

甘罗告诉赵王，燕国将任命秦人张唐为相，秦国也将送回燕国的人质燕太子丹，燕国这是要和秦国一起攻打赵国啊。

赵王一听，慌张不已，便先下手为强，派兵攻打燕国，夺得上谷三十座（一作三十六座）城邑，并将其中十一座献给秦王，以此讨好秦国。

甘罗不费一兵一卒就挑动两国之战，并得到十一座城池，回到秦国后，被拜为上卿。

先秦的神童故事大部分是经不起推敲的。

有道是人怕出名，作为中国历史上知名度较高的神童之一，甘罗的故事早就被"辟谣"了。

清人梁玉绳在《史记志疑》里对这段历史进行了考据，认为秦国主动送还燕太子丹、赵国攻下燕国三十城后献给秦国十一座等情节均非史实。甘罗的故事是战国纵横家为了夸大口舌之功,才添油加醋,将大秦的战功强加于一个小孩子身上的。

2

有学者认为,汉代是中国古代神童的巅峰。

汉代察举制是由地方官在当地考察、选取人才并推荐给上级的选官制度,其中的"举童子郎"就是专门为神童们准备的入仕途径。

很多年少有为的人才会被冠以"神童"称号,比如,"任延年十二为诸生,显名太学中,号为'任圣童'。张堪年十六受业长安,志美行厉,诸儒号曰'圣童'。杜安年十三入太学,号'奇童'。"(《文献通考·选举考》)

在这个时代,像甘罗这种会讲故事的神童已经过时了。衡量神童的标准除了才智超群,还要有孝悌廉让之德,这也是儒家思想占据主导地位的结果。

孔融是比较典型的汉代神童。

我们小时候都听过"孔融让梨"的故事。孔融兄弟七人,他排行老六,有一次小孔融和哥哥们一起吃梨,哥哥都拿大的,他却故意拿了小的。

别人问他:"这是为何?"

孔融说:"我小儿,法当取小者。"

这是一种兄友弟恭的谦让精神,符合汉代神童的道德标准。

更能体现孔融小时候才思敏捷的是另一个故事。

《后汉书》记载,孔融十岁时,跟着他爸到洛阳见世面。时任司隶校尉李膺是天下皆知的名士,平时不轻易见客。孔融跑到李膺府上,对守门人说:"我是李元礼的亲戚。"

守门人觉得小朋友说得好像没毛病,就把孔融放了进去,让他跟李膺见面。

李膺当然不认识孔融,问他:"你的祖辈曾经与我有过交情吗?"

孔融淡定地回答:"是啊,我的先祖孔子跟您的先人老子为师友关系,我孔融跟您是累世通家呀。"

此言一出,满座无不称奇。刚好进门的太中大夫陈韪却不以为然,说:"小时候聪明,长大了未必有大用。"孔融无端遭人贬低,立马进行回击,接着陈韪的话说:"照您这么说,您小时候一定很聪明吧。"

陈韪一时无言以对。

李膺用大笑缓解了尴尬,并对孔融说:"你将来会大有出息的。"

另一个神童曹冲为我们留下了"曹冲称象"的故事。

《三国志》记载,东汉末年,曹操得到一头大象,想知道这头大象的重量,手下官员一筹莫展,唯有曹操的儿子,年仅五六岁的曹冲想到了一个利用浮力测量重量的办法。

曹冲说:"我们把大象赶到一艘船上,看船身下沉多少,然后沿着水面，给船身画一条线。之后把大象赶上岸，再往船上装一定重量的物品，直到船下沉到画线的地方为止。最后，称一称这些物品的重量，就可以知道大象有多重了。"

史载，曹操"大悦，即施行焉"。

曹冲称象可以说是一次成功的"神童营销"。

后世看到的往往只是神童曹冲的机智，可在当时，此类事迹的目的就是为了积攒入仕资本。

不过，曹冲虽然深得曹操喜爱，却只活了十三岁。曹冲死后，曹操的次子曹丕前去安慰曹操，曹操还说："这是我的不幸，却是你们的大幸。"

汉魏两晋时期的神童为人机敏，长于思辨，在《世说新语》中也有所体现。

这部著作主要记载了东汉到魏晋的逸事，所录三十六门一千二百多则故事中，有上百则与儿童有关，约占总数的8%。这在中国古籍中实属罕见，可见神童现象在汉魏两晋之多。

这一时期，神童的出现主要是满足汉代察举制与魏晋九品中正制的需要。绝大多数的神童不是出自名门望族，就是来自官宦世家。

隔壁村种田的张三、李四家怎么就出不了神童？如果他们家也诞生了神童，其实很难有机会像孔融、曹冲他们一样，在高官、名士面前表现，然后成功拿到"出道位"，走上人生巅峰。

神童营销本身是需要资本的，至今亦然。

3

唐宋科举有童子科，儿童参加这类考试叫作"应神童举"。唐朝规定，"凡十岁以下能通一经及《孝经》《论语》，卷颂文十，通者予官，通七，予出身"。前者得官，后者就赐出身，虽然人数极少，但比汉魏的神童考核硬核多了。

唐宋科举考诗赋，神童大都会写诗。

骆宾王的《咏鹅》是现在很多人最早学习的唐诗之一。全诗天真烂漫、朗朗上口："鹅，鹅，鹅，曲项向天歌。白毛浮绿水，红掌拨清波。"

写这首诗的时候，骆宾王只有七岁。

《三字经》中也藏着另一个大唐神童："唐刘晏，方七岁，举神童，作正字。彼虽幼，身已仕……有为者，亦若是。"

唐代著名的理财家、宰相刘晏七岁时应神童举，授官秘书省正字，当时正是唐玄宗朝。

《明皇杂录》记载，有一天，唐玄宗在勤政楼举办伎乐表演，召刘晏上楼，说："卿为正字，正得几字？"

刘晏已知朝中权相执政、朋党相争，特意以字为谏，说："天下字皆正，唯有'朋'字未正得。"朋指的就是朋党。

唐玄宗对这位神童赞叹不已，之后赏赐了他象牙笏与黄纹袍。

多年后，刘晏为相，进行经济改革，一度扭转了安史之乱后国家财政匮乏的状况。

宋朝以文治天下，神童举与唐朝一脉相承，选拔出了一批文学天赋优异的儿童。

王禹偁五岁作《咏白莲》诗："昨夜三更后，姮娥堕玉簪。冯夷不敢受，捧出碧波心。"

寇准七岁作《华山》诗："只有天在上，更无山与齐。举头红日近，回首白云低。"

日后写出"无可奈何花落去，似曾相识燕归来"等名句的一代词宗晏殊，七岁应神童举，一时名动京城。

当时已是宰相的寇准对晏殊十分器重，特地用皇帝赐给自己的马送他回旅邸，并将马的缰辔送给他，作为进京的资费。两代神童的忘年之交一时传为佳话。

这几位都是宋朝的大人物，长大后成为朝中重臣、治国宰辅。

但是，最经典的神童悲剧也发生在宋代。

王安石的《伤仲永》记述了江西金溪一个农户家的小孩方仲永的故事。

方仲永五岁就能写诗作文，名闻乡里。他的父亲却以此谋利，拉着儿子每天寻亲访友、求见乡达，用方仲永的诗文换取钱财，不让儿子读书学习。过了几年，方仲永的文章不再"称前时之闻"，最终泯然众人。

王安石为此感慨道："仲永之通悟，受之天也。其受之天也，贤于材人远矣。卒之为众人，则其受于人者不至也。"由于缺乏后天的培养与引导，方仲永就算天赋异禀，也难以成才。

无独有偶，晏殊在给宋真宗的儿子赵祯（即宋仁宗）授课时遇到了另一个神童蔡伯俙。

蔡伯俙也是一个天才,三岁应童子科考试,宋真宗称赞他为"三岁奇童",考中后让他充当太子赵祯的伴读。

可是,蔡伯俙却不把自己的才智用在正道上,从小就学会钻营奉迎。在东宫伴读时,宫中门槛有点高,赵祯每次过门,蔡伯俙就趴下来,让太子踩在自己背上跨过门槛。

如此机灵的蔡伯俙后来成了一个贪鄙的官吏,他十七岁出宫后到地方任职,多年来为官"不循法令",经常被弹劾,宋仁宗念他是东宫旧臣,多次从宽发落,只是调任了事,最后一生碌碌无为。

4

元明时期,童子科势头稍减,清朝更是彻底废除了童子科,仅留科举的第一级考试——童试。童试应试者不论年龄大小,统称为童生,考中者俗称"秀才",神童们失去入仕的捷径。

但对神童的推崇并未消逝在历史中。

早慧的小大人依旧引人瞩目,家长们无不希望自己的孩子从小就聪慧过人。读书的孩子,即便是没有天赋的儿童,也要从小承担繁重的课业压力,所谓"勤有功,戏无益,戒之哉,宜勉力"。

还记得那个江希张吗?

1927年春,二十岁的江希张终于摆脱控制,怀着科技救国的理想,远赴法国勤工俭学,考入巴黎大学,攻读化学专业。

江希张回国后,在上海一家化工企业当工程师,后来成为国内享有盛誉的化工专家。那段清末时轰动全国的神童传奇渐渐被人淡忘,他也从不在人面前吹嘘。

退休后的江希张住在一幢老式西楼里,过着简朴的生活,偶尔向年轻一辈的化学专业生答疑解惑,直到2004年平静地离开人世,享年九十七岁。

神童往事无人问,人们记住的是一个将大半生精力倾注到国家工业建设的科研工作者。

冷饮简史
饮料的进化史

炎炎夏日怎么过？

空调、Wi-Fi、西瓜、沙发，这时候再来一杯冷饮，生活真是美滋滋。

说到夏日饮品，中国人自古就是行家。

战国时期，屈原在《招魂》中写道："挫糟冻饮，酎清凉些。华酌既陈，有琼浆些。"意思是说，冰镇后的酒饮起来更加清甜可口。宴席已经摆好了，全都是玉液琼浆。

这篇楚辞是屈原为呼唤楚怀王灵魂回到楚国所作，却不经意间暴露了楚国人的"吃货"本性。诗中写到的还有肥牛蹄筋、清炖甲鱼、火烤羊羔、甜面饼和蜜米糕等名菜，以及清凉的冰酒。没想到爱国诗篇里也隐藏了豪华菜单。

在两千多年前的夏天,吟几句诗、饮一盅冰镇美酒,似乎有种时空穿越的混乱感。但古人没有冰箱,是如何喝得到冷饮的?

1

早在先秦时期,中国就出现了用来冰镇饮料、盛冰降温的大型冰酒器——冰鉴。

《周礼》记载,"祭祀供冰鉴"。此处的"鉴"并非后来常用的镜子,而是指一种青铜容器,其形似大盆。

1978年出土于湖北随县的曾侯乙铜冰鉴为我们揭开了这一先秦"冰箱"的神秘面纱,这也是迄今为止发现的人类最早使用的"冰箱"。

曾侯乙铜冰鉴个头儿不小,高六十多厘米,重一百七十公斤,实际上是一个二合一的组合器皿,分成双层,外为青铜方鉴,内为盛放食品的尊缶。

鉴与缶之间有较大的空隙用来装冰块,在缶内装酒,盖上盖子冷藏一下,夏日就可以喝到冰镇的美酒了。更厉害的是,一些冰鉴上还有气孔,可以把冷气释放出来,有点冰箱、空调一体机的意思。

发明这一古代版"冰箱"的人们发现,冷饮佳酿清凉舒爽,可以消暑。

东汉王逸注《楚辞》时,也不忘给屈原提到的"冰箱"点赞,对冰镇酒夸赞道:"但取清醇,居之冰上,然后饮之。酒寒凉,又长味,好饮也。"

先秦的冰鉴不仅节能环保,就连用到的冰也取自大自然。

《礼记·月令》记载了周代时,每到隆冬时节,周天子就会派人到冻结的江河之上凿取天然冰储存在冰窖之中,一般需要采集用冰三倍的分量("令斩冰,三其凌")。在当时,冰要贮藏起来不容易,但古代的冰窖隔温效果特别好,藏冰甚至能用到第二年。

等到春暖花开,天子再命人开窖取冰,与牲畜一道用于祭祀。余下的冰就可用在冰鉴上,到了夏天举办宴会时,就可以喝到冰酒。

为此,官府还设置了掌管藏冰之事的官职,称之为"凌人"。凌人夏天分发冰块,秋天打扫冰窖,大概是最早在办公室吹"空调"的上班族。

《诗经》用生动质朴的笔触描绘了古人凿取冰块、藏入冰窖的劳动情景:"二之日凿冰冲冲,三之日纳于凌阴。"有学者认为,此处的"凌阴"即冰窖。

此后两千多年,冰鉴这一原始"冰箱"长期存在于古人的生活中。

2

秦汉之后,皇亲国戚、达官贵人藏冰之风更盛。

但在唐宋之前,冰块一直是稀缺资源,特别贵。史载,"长安冰雪,至夏日则价等金璧",可与金、玉等价。

尽管汉代有用水果、蜂蜜等与雪混在一起做成的冷饮,但一般人可吃不起。

越是弥足珍贵的宝物，越能引起达官贵族的兴趣。

东汉末年，曹操曾在南征北战的空余时间大建冰窖，他在邺城（今河北临漳县）修建了著名的冰井台。

《水经注》记载，冰井台"高八丈，有屋百四十五间。上有冰室，室有数井，井深十五丈，藏冰及石墨焉"。

曹操爱喝酒是出了名的，他在诗中吟咏："对酒当歌，人生几何？"自己藏这么多冰块，想必没少用来冰酒。

到了唐代以后，用冰块消暑已不是宫廷专利，街上出现了"卖冰于市"的商人。

唐末，有人在生产火药时，发现硝石在溶于水的过程中会吸收大量的热，可使水降温到结冰。于是，人们终于能在夏天制冰了，虽然数量有限，但让更多人享受到了冰的滋味。

宋代，《东京梦华录》中更是描述了当时开封街市上，冷饮店遍地开花的场景："皆用青布伞，当街列床凳，堆垛冰雪，卖冰雪荔枝膏……"

唐宋的夏日冷饮五花八门，如雪泡梅花酒、凉水荔枝膏、冰调雪藕丝、冰镇珍珠汁等。至今，这些饮料名称仍然可以引领时尚潮流。

此后，用来盛放冰块、制作冷饮的冰鉴也发展出各种衍生改良版，既有木质的，也有陶瓷的，使用起来更加方便。

清代，北京城存储了大量冰块，全城有冰窖十八座，每年腊八前到河中凿取冰块，至腊八下窖。现在，北京的雪池胡同还保留着完好的冰窖——雪池冰窖，该冰窖至今已有四百多年的历史。

随着藏冰业高度发达，冰不再是珍贵之物。

不仅达官贵人们能喝上冷饮，京城的百姓也能饮冰消暑。冷饮行业也出现了，《燕京岁时记》中记载："京师暑伏以后，则寒贱之子担冰呟卖，曰'冰胡儿'。"这种"冰胡儿"就是早期的冰棍。

清朝时，在宫中用冰鉴制作冷饮依旧不过时。

只不过清朝的冰鉴与两千多年前的曾侯乙铜冰鉴相比有所不同。它是一个双层木箱，下层放置大量冰块，上层放上新鲜水果与美酒等饮料，利用冰块消暑降温。里层还涂了一层铅漆，用来隔热。

除此之外，清朝的冰鉴还有另一个功能，即在其中留下小孔，让冰水流到外面，人往冰鉴旁边一躺，这"冰箱"一下就变成了"空调"。

两千多年前在楚国的宴席上，那冰鉴与美酒如何让屈原沉醉其中，我们不得而知。但时至今日，我们每个人都有了品尝冰鉴美酒的机会。

冰鉴除了是历史悠久的盛冰容器外，还有另一种含义：冰者，明净；鉴者，镜也。

相传晚清名臣曾国藩所作的《冰鉴》一书是一部通过言、行、神、情等来识人、相人的作品，此书恰如其名。

天花简史
花了三千年才消灭的传染病

天花是最古老的传染病之一，历史记载的第一个天花病例是古埃及法老拉美西斯五世。

可以推算，从公元前1145年拉美西斯五世之死到1980年天花被宣布根除，这一曾经让人类恐惧的传染病在历史上至少肆虐了三千多年。

1

爱新觉罗家族对天花有着恐怖的黑色记忆。

皇太极在位时期（1626—1643年）是后金对明朝战争的关键时

期,然而,皇太极主动发起战争一般是九月至次年三月,而四月至八月往往按兵不动。

这种打仗的节奏到底是因为什么呢?

原来,满洲人害怕天花。

天花是人感染痘病毒后引起的一种烈性传染病,又叫作"痘疮"或"出痘",长期没有特效药物能够治疗。

天花病毒繁殖极快,能在空气中以惊人的速度传播。凡未患过天花疾病或未接种过天花疫苗的人群,不分男女老少,都有可能感染。

一旦感染,很容易产生并发症状,甚至可能导致失明,病死率高达30%。即使愈合,脸上也会留下麻点,严重破相。

满洲人原居塞外,天气寒冷,一般不生痘疹,所以身体中没有免疫力。进入中原之后,他们一旦染上天花,极少能幸免于难。

天花病毒性喜炎热,通常在夏季流行,冬季则很少传染。因此,满洲人避开夏季,选在冬季用兵。

如果万不得已要在夏季出征,皇太极也会硬着头皮派兵,但这时派出的将领大多是出过痘的人。这些人身体中有了免疫力,不会再感染天花。

在与后金的战争中,明朝抓住满洲人这一身体弱点,制造天花来对抗对方的军队,效果竟然胜过千军万马。

皇太极的重要谋士高鸿中曾提过,他非常担心"恐痘"心理的存在会成为后金军事行动的一大阻挠。他说,明朝人"皆知我国(后金)怕痘子,恐他以此用计,多寻出痘孩子置于道路间"。

1640年五月,皇太极派多尔衮出征,按理,多铎应出城相送,然而他却躲在家里玩乐。

皇太极发现后很生气地说："我也在'避痘'，但还是到现场相送，你居然假托'避痘'而携妓在家开宴会，这还是兄弟吗？"

越怕什么，就越来什么。入关后没多久，多铎就真的染上天花身亡了，年仅三十六岁。

多铎不是满族皇室唯一的中招者。礼亲王代善有三个儿子、一个外孙死于天花，英郡王阿济格的两个妻妾均在北京城感染天花而亡，顺治帝二十四岁时死于天花。

史学家谈迁说，满人自入北京"多出疹而殂"。

顺治的第三子玄烨命大，出疹而不殂，去鬼门关走了一遭而痊愈，获得天花免疫力，后成为皇位继承人。

2

天花病毒大约在1世纪传入我国，到了15世纪，由于交通日益发达，世界人员往来密切，天花才开始在中国广泛流行。

虽然爱新觉罗家族被天花搅得一片惊恐，但他们建立的帝国总算延续了下来，而且在长了一脸麻子的康熙的带领下，走向强大。

放眼世界，很多帝国却未如此幸运。

相传曾经不可一世的古罗马帝国正是因为天花的肆虐，无法加以遏制，而最终国力衰退的。

同样命运凄惨的是"被发现"的新大陆——美洲。哥伦布发现美洲时，美洲人口稠密。

1523年，意大利探险家乔瓦尼·达·韦拉扎诺抵达卡罗莱纳，向北航行寻找从北面绕过新大陆抵达亚洲的方法。一路上,他注意到海岸线"人口稠密",到处都是原住民的篝火。

接下来将近一百年里,不断有来自欧洲的船只抵达新英格兰一带,从事捕鱼和贸易,所有的船只都汇报说新英格兰原住民人口众多、防守严密。仅有的几次殖民尝试都以失败告终:原住民愿意贸易,但并不欢迎长住,很多殖民者被杀死,剩下的都逃回欧洲了。

然而天花在无意中成了欧洲殖民者的帮凶。

西班牙人攻击阿兹特克人时,天花也伴随着入侵者传到了墨西哥,致使当地人感染天花。

起初的入侵者凭借火枪攻击阿兹特克人取得胜利,但因为人数较少,不久,阿兹特克人就占据了优势,将西班牙人驱离出城,入侵者落下的各类物件被阿兹特克人当作战利品缴获。

不巧的是,其中一些物品,比如毛毯等,可能包含一些残存的天花病毒,这引发了阿兹特克人的感染。所以这场战役的统帅以及许多士兵遭遇天花而亡。

时隔不久,这一历史也在西班牙人入侵印加帝国时重演。

印加帝国国王忽然死于天花,来不及选定合法继承人,帝国统治摇摇欲坠。于是,西班牙人皮萨罗顺势率军攻陷了这个帝国。

有一个殖民者将天花患者用过的毯子送给原住民当作礼物的著名故事,这个故事很可能是真的。而且天花的死亡率在美洲原住民中高达90%,从无意识到有意识地散播天花病毒成为殖民者的战略。

贾雷德·戴蒙德在《枪炮、病菌和钢铁》中提过一个著名的论断:疾病在美洲殖民史上起到了不可忽视的作用。

旧大陆有漫长的家畜饲养史,拥有和多种病原体"斗争"的经验，获得了一定的免疫力，而新大陆几乎没有什么像样的家畜。因此面对旧大陆疾病时不堪一击。

3

在清朝的时候，预防天花的"疫苗"还未出现，但出现了功能相当的预防技术。这种技术被称为人痘接种。

范行准在《中国预防医学思想史》中认为，中国的人痘接种肇始于16世纪中叶的明代隆庆年间。

一般有两种方法：旱苗法和水苗法。旱苗法即取天花者的痘痂研成细末，加上樟脑、冰片等吹入种痘者鼻腔中；水苗法则是将患者痘痂加入人奶或水，用棉签蘸上塞入种痘者的鼻中。

这两种方法都是让种痘者先患上轻度的天花，出过疹子后精心护理，直至病症消失，就相当于得过天花，从而获得了天花病毒的免疫力。直到20世纪初，这些接种法还在江苏等地被使用。

满洲人畏痘如虎，一开始对天花的预防并无认识，只是一味消极地躲避。后来才发现，躲并不能解决问题。

天花流行造成的八旗人丁死亡率高得惊人。康熙对此记忆犹新，他的童年一直笼罩在天花的阴影之下。他晚年时回忆说："世祖章皇帝因朕幼年时未经出痘，令保姆护视于紫禁城外，父母膝下未得一日承欢，此朕六十年来抱歉之处。"

因为童年患天花的经历，康熙对抵御天花的态度很坚决。皇太子胤礽五岁时染上天花，经过擅长治此病的傅为格诊治而愈。之后，康熙将傅为格调入京，给未出过天花的其他皇子种痘。

康熙二十年（1681年）之后，清朝官方对天花实行全面积极性的预防措施。接种人痘在当时取得了相当不错的预防效果。

康熙成为种痘法的帝国头号推广大使，从宫中一直推广到漠南、漠北蒙古各部落，从而大大减少了天花这种烈性传染病的发病率。

他还降旨，让太医院专门设立痘疹科，广征各地名医前来供职。北京城内设有专门的"查痘章京"，负责八旗防痘事宜。

在康熙的推动下，清代朝野对天花的防治进一步系统化、科学化。后来，康熙说："国初人多畏出痘，至朕得种痘方，诸子女及尔等子女皆以种痘得无恙……尝记初种痘时，年老人以为怪，朕坚意为之，遂全此千万人之生者，岂偶然耶？"

4

英国人对抗天花的历史却显得有些"偶然"，这种偶然性来自最早在英国宣传人痘接种法的一名女性——陪丈夫出使土耳其的玛丽·蒙塔古夫人。

1717年，她在给闺密的一封信中说，无情蹂躏英国的天花疫情在土耳其因为人痘接种技术而猖獗不起来。

据统计，整个18世纪，欧洲有上亿人口死于天花。当一种传染病凶猛到这种程度时，两名欧洲女性在信中讨论这个病种自然也可以理解。

一年后，1718年，此时是中国的康熙五十七年。如同康熙当年决定给皇子们进行人痘接种一样,蒙塔古夫人决定为年仅五岁的儿子爱德华·蒙塔古进行人痘接种。

小爱德华在术后出现了短暂的发热和出痘等接种临床不适反应,但症状很快消失,身体得到恢复。

蒙塔古夫人回到英国后,开始宣传土耳其的人痘接种技术,尤其在暴发于1721年的天花疫情中,不遗余力地推广这项预防技术。

1796年,英国医生琴纳经过多年的研究和实验,用牛痘代替人痘,改造成牛痘法,在人体上试用,获得巨大成功。但是,牛痘接种早期也受到广泛的抵制,人们认为,牛痘接种会引发梅毒疫情。

一直到19世纪60年代,"牛痘苗"的出现预示着人类历史上真正的疫苗来了。因为基本上无危险,所以"牛痘苗"很快成为世界各国预防天花的有力武器。

5

琴纳发明牛痘接种法的时候,中国所谓的康乾盛世正好落幕。但是,在预防天花方面,这个老大难帝国仍然保持与世界接轨。

1805年,也就是牛痘接种法诞生的第十个年头,一个葡萄牙医生将牛痘法传到澳门,东印度公司的船医皮尔逊将之带到广州,于是中国也开始种牛痘。

当时,广州出现了第一批牛痘医,邱熺是其中的代表之一。他在著名的《引痘略》中阐述了种牛痘的方法与优点。

《引痘略》出版后,正值我国天花猖獗之时,各地纷纷翻刻此书，派人来广州学习此术，引疫苗回乡，效仿广州开办牛痘局。

牛痘接种逐步取代了之前采用的人痘接种。

牛痘防疫所到之处，天花无处藏身。这种困扰了明、清两代的烈性传染病终于得到了相对有效的控制。

与此同时，英国在干一件更大的事。19世纪中后期，英国实行了强制免疫制度，通过立法手段强制国民接种天花疫苗。

到20世纪初，鉴于天花已得到有效控制，英国政府废除了强制免疫制度，允许民众根据个人意愿决定是否接种天花疫苗。

而中国当时由于内忧外患，防疫体系的建立并不完善，天花尚未被真正消灭。

随着1961年我国最后一例天花病人的痊愈，中国境内终于再未见天花病例。

1967年，在世界范围内进行了最后一次大规模消灭天花的活动。

1980年5月，世界卫生组织宣布人类成功消灭天花。

从此，天花成为被彻底消灭的人类传染病。

消防简史
中国消防三千年发展史

消防员这一在中国有着悠久历史的特殊群体,已成为和平年代最危险的职业之一。

1

水火无情,自古人从茹毛饮血的原始社会步入火耕水耨的农业文明开始,就已经备受火灾困扰了。

"火政"成为数千年不变的话题,先秦时就有"火官""修火禁"的记载。

春秋时期,齐国名相管仲为齐桓公谋划霸业,将"修火宪"(制定预防火灾的法规）视作国家大计，列为"国家贫富五事"之一，称"山泽不救于火，草木不植成，国之贫也；山泽救于火，草木植成，国之富也"。

到了宋代，"火政"取得突破性进展，出现了专业的消防部队——潜火兵。潜火兵的职业化比现在的消防员制度有过之而无不及。

这些潜火兵都是职业军人，多出自禁军，是精挑细选的青壮士兵，平时要接受严格的训练，且享有行业津贴，待遇比其他军队优厚。有学者认为，这是世界城市史上最早的消防队。

据《东京梦华录》记载，当时开封城内，每隔三百步设有"军巡铺屋"，又在高处修筑望火楼以察火情。举世闻名的《清明上河图》中也有望火楼和军巡铺的踪迹。

望火楼配有灯火、旗子，楼上有人负责瞭望，一发现火患就拉响警报。驻扎在楼下的潜火兵得到命令后迅速行动，带上"大小桶、洒子、麻搭、斧锯、梯子、火叉、大索、铁锚儿"等消防器材赶到火场。

他们利用周围水井、水缸的水源进行灭火，或采用破拆法，用斧锯、铁锚等工具将着火的房屋拆除。

宋代还有一种灭火"黑科技"——唧筒，用竹筒制成，水从其开窍处吸入或喷出，可以射水灭火，比水桶泼水更为高效，堪称古代的消防水泵。

潜火兵在救火时拥有多种特权。一是打破门禁惯例，古代都要按规定时间开关城门，但潜火兵行动时，无论是什么时辰，都可以要求开城门救援；二是不为官员避路让道，潜火兵在救火途中与官员相遇，无论对方品级高低，都无须回避。

到明清时，治火管理继续发展，"火班""火政"的队伍进一步壮大。但一直到晚清，中国人面对火灾仍是采用"古代消防"的办法，单纯依据《周易》中"水在火上"的方法来救火，从中可以看出科技发展的停滞与落后。

2

有别于古代消防，近代消防以消防车代替人力、畜力运输，以城市供水网代替水井、河流等作为消防水源，以电话通信报警代替瞭望台、警钟、警旗报警，以化学灭火剂扑灭特殊火灾代替一律以水灭火的方式。

这些在如今看来稀松平常的事情，在当时的国人看来却如同天方夜谭。

1866年，上海租界组建了中国近代第一支消防队，由六十名外籍队员和四十名中国队员组成，但主要服务洋人。

"消防"这一来自日本的舶来词正式传入中国是在光绪年间。

光绪二十八年（1902年），直隶总督袁世凯编练北洋新军。袁世凯不仅参照西方制度在保定创设警务总局和警务学堂，还在学堂中开办了消防警察这一专业。可以说，警察和消防员这两个近代职业都是由袁世凯引进的。

据《内政年鉴·警政篇》记载："北平消防队之成立，始于前清光绪二十九年（1903年）。初，警务学堂附设消防科，延日人为教习，挑选长警专司训练，毕业后即组成消防队。"

袁世凯训练的消防警察由日本人专门传授扑救方法，并置办消防车、梯、钩等近代消防设备。在三十多年的时间里，上海震旦铁工厂研制生产的泡沫灭火器、消防车远销海内外，各省县级警察机关先后创建了一百多个消防队，其中大部分延续至今。

3

关于抢险救灾，民国时期出版的《中国消防警察》一书中曾指出："消防官之指挥救护，应首重人命，次及财产。"一个世纪以来，中国消防队员始终恪尽职守。

抗战期间，面对日寇的长期轰炸，重庆消防员就以实际行动践行自己的使命。

据不完全统计，自1938年2月起，日机对重庆进行了二百一十八次轰炸，持续时间长达五年半，每次袭击都让山城变为一片火海，满目疮痍，遍地瓦砾。

为保卫重庆，重庆组织了一支八千余人的消防队伍，由消防警察和志愿者组成。当群众躲进防空洞时，他们却冒着炮火，奔走在城市的每个角落。

当时，重庆消防设备只有两架升降梯和几辆老旧的消防车可用，自来水管道也常被炸断，剩下的便只有水桶、斧头这样的传统消防工具。实在捉襟见肘，消防员们只能靠人力实施救援，为民众赴汤蹈火。

若无消防车，消防员就徒步走上崎岖的山路，将沉重的灭火器材抬到火灾现场；若供水被断，消防员与老百姓众志成城，依靠人海战术，用接力的方式将水桶送到前线。

大轰炸之下，不少人因消防员的不懈努力而绝处逢生。

1940年4月，宋庆龄在重庆两路口新村落脚时遭到日机轰炸。她所住房屋左侧的木房瞬间燃起熊熊大火，并迅速向四周蔓延。

宋庆龄被困在其中，幸亏消防队用水龙压制火势，并迅速拆除四周的木房，她的住所才幸免于难。次日，义愤填膺的宋庆龄与姐妹宋霭龄、宋美龄一起对外广播，向全世界揭露日寇对重庆进行无差别轰炸的罪恶行径。

大轰炸五年间，重庆消防队出动上千次，消防队分队长王海元、徐剑等人在救援中被炸弹击中牺牲，先后有八十一人因公殉职。

为此，在中央公园（今人民公园）修建了一座"重庆市消防人员殉职纪念碑"，以告慰烈士英灵。

如今，随着社会经济的发展，消防员的任务不再局限于救火，还包括各种抢险和应急事件救援，大者如抗洪抢险、危险化学品事故，小者如摘马蜂窝、切割钢筋。

然而，消防员依旧是和平年代最危险的职业之一，谁也不知道每一次毅然决然的"最美逆行"之后，他们能不能平安归来。

致敬那些在火灾扑救中牺牲的消防员。

"英雄归厚土，浩然天地秋！"他们在烈火中永生。

仵作简史
古代衙门里的边缘人

南宋法医学家宋慈在《洗冤集录》里说:"狱事莫重于大辟,大辟莫重于初情,初情莫重于检验。"

尸体勘验是办理刑事案件中非常重要的一环,唯有认真检验,方能还原事实真相,公正判案。

元代徐元瑞在《吏学指南》里认为,仵作这一称呼有担任活人与死人中介者的含义。

哪里有命案,哪里就有仵作。

1975年,湖北睡虎地秦墓出土的竹简《封诊式》,是一部成书于

战国末年至秦始皇时期的"刑侦书籍",里面有这样一起案件:

某天一位负责抓捕盗贼的人员来跟县令报告,辖地内发现有一人身亡,男子,无名。县令听罢,马上派遣令史前去勘验。

勘验后,令史回书记录道:"与牢隶臣某即甲诊。男子死(尸)在某室南首,正偃。某头左角刃痏一所,北(背)二所,皆从(纵)头北(背),袤各四寸,相耎,广各一寸,皆䧟中,类斧,脑角出(頤)皆血出,被(被)污头北(背)及地,皆不可为广袤……"

尸检报告里提到的"牢隶臣"就是与令史一同前往现场对尸体进行勘验的人。

在古代,受鬼神思想的影响,加上尸体视觉冲击较大,一般人对尸体避之不及。因此,尸体接触只能由地位低下的人——牢隶臣来完成。

他们是在官府中负责脏活、苦活、杂役的一种奴隶,男为臣,女为妾,合称"隶臣妾"。他们既可能是连坐受罚的罪犯家属,也可能是战场上投降的战俘。

不过,实际上,他们并不是勘验人员。根据他们的地位及技术水平推测,隶臣妾前往现场,应该主要是负责需要接触尸体的搬运、穿脱衣物、测量尺度等基础性工作,协助令史勘验尸体,并没有多少发表技术性见解的机会。

尸检现场的主要负责人是令史。令史身兼多职,既要负责各种痕迹的勘验,还要负责拘捕案犯等,是刑事侦查的主要人员。

从这起案件的尸检报告可以看出,尽管当时还没有"仵作"的称呼,但早在先秦时期,命案的司法勘验中已经很重视尸检了。

2

据学者考证,"仵作"这一称呼大概出于五代时期。

由五代和凝、和蒙父子撰写,成书于宋初的决狱案例集《疑狱集》中,一件无头女尸案写到了"仵作行人"协助办案的经过。

五代时期,有位商人经商回家,看到妻子被杀害,肢体仍在,却不见妻子的头颅,便悲伤地告诉了妻子的族人,妻子的族人转身把这事告上了官府。

负责此案的官吏对这男人严刑拷打,男人竟然认了自己杀妻。官吏觉得不太对劲,认为案情有蹊跷,于是让人对这宗疑案复查重审。

"令仵作行人各供今日来与人家安厝坟墓去处文状",一一询问仵作们在替人殓葬时有无异常情况。

其中,一名仵作讲道:"我替一豪绅举办丧事,他们只说了死的是一位奶妈。五更初在墙头抬过棺材,轻得仿佛里边没有东西……"

官府随即命人把坟地挖开,果然只找到了一个女子的头颅,与无头女尸相合。但经辨认,这并非商人之妻。

调查后才知道,原来是当地豪绅勾搭上了商人之妻,偷偷将她蓄养在家,但担心商人回来后找不到老婆要闹事,于是杀了奶妈切掉头颅来替换,以掩人耳目。

在这起离奇案件的侦破中,仵作功不可没。这时的仵作还不是官府中人,而是一种从事殓尸埋葬的职业人。

隋唐时期,因商业发展,民间商业组织"行会"也随之发展起来,"仵作行"便是其中之一。

尸体素来为众人所忌讳,一些出身不好的人便以替人殓葬来维持生计,后来这些人逐渐抱团,形成了"仵作行"。

到了五代时期,仵作平时作为殓葬职业人外,还要承担别的工作——一旦发生了命案,官府会临时召唤他们协助办案,查看殓葬时有无异常。

若仵作表现突出,他们就有可能被封为"内仵作",以示肯定。但与此同时,若他们工作马虎,有虚报、瞒报等违法行为,则会被逐出殓葬行业,连饭碗也会丢。

3

随着经济发展,民间因利益纠纷所产生的命案数量逐渐增多,商品经济发达的宋元时期尤其明显。

常年与尸体打交道的仵作经验丰富,作为行会的一员,需应官府召唤,承担一定的官方职役。

沈括的《梦溪笔谈》中有一则资深仵作利用自己的经验协助官府办案的记录。

太常博士李处厚在庐州梁县时,给斗殴死者验伤,尽管已经"以糟䕸(或)灰汤之类薄之",但没有验出伤痕。身为"博士"居然搞不定这案子,着实让人有些头疼。

这时,一位老翁求见,告诉他:"在太阳光下用崭新的红色油伞覆盖于尸体之上,再用水浇沃尸体,伤痕必定出现。"

李处厚依此办法，伤痕果然显现。从此以后，江淮一带再有类似的官司发生，都会用这个方法进行勘验。

提出此法的老翁正是一名仵作。这种验尸方法就是后世所称的"红光验尸法"。

"红光验尸法"在两百年后的一部司法检验巨著中有了更加详细的说明，从此成为官方认定的验尸方法之一。

这部著作便是被誉为"法医学之父"的南宋提点刑狱司宋慈所著的《洗冤集录》。

1247年，宋慈综合自己多年的办案经验和各家之说，编著成《洗冤集录》，希望达到"一旦按此以施针砭，发无不中，则其洗冤泽物，当与起死回生同一功用矣"的目的。

此书一经刊行，就成为负责审理案件官员案头的必备之书。

4

尽管宋朝的仵作积累了大量的民间验尸经验，《洗冤集录》中亦有一些验尸方法是吸收老练仵作的经验而成，但官府对他们的任用仍十分谨慎。

"凡检验，不可信凭行人（仵作），须令将酒醋洗净，仔细检视。""须是躬亲诣尸首地头，监行人（仵作）检喝，免致出脱重伤处。"……宋慈要求验官必须亲自前往现场验尸，而此时的仵作则听从验官的指挥，清洗尸体，在一同检验的过程中，负责大声喝报检验结果给验官和在场人员听。检毕，需要在勘验文书末尾的"仵作人"

处签名作保。

除了不尽信,对仵作的工作也严加约束,如"初、复检官吏、行人(仵作)相见及漏露所验事状者,各杖一百"。仵作失职、渎职都会受到责罚。

虽然仵作已经成为宋元司法检验团体中的固定一员,但他们并不是在编人员。

官府为何始终忌惮和防备仵作?

概因不是每个仵作都那么有职业操守。

凌濛初在《二刻拍案惊奇》里写到了仵作办事管死者家属要"开手钱、洗手钱",更无良的还有为了奉承县老爷而作伪证,"把红的说紫,青的说黑,报了致命伤两三处"。

曹雪芹《红楼梦》里,太平县审理薛蟠打死张三命案,仵作干的则是收受贿赂的事,"将骨破一寸三分及腰眼一伤,漏报填格"。

可见,上层文人和普通百姓对仵作的印象都不怎么样。

官方的法令也反复强调,不能轻信仵作验尸的喝报:"不许听凭仵作混报,拟抵其仵作受财,增减伤痕扶同尸状已成冤狱。"(《钦定大清会典则例》)

这种不信任由来已久。

仵作必备的验尸指南《洗冤集录》,当初预设的受众就不是仵作,而是办案官员。

因为官员们的勘验水平参差不齐,宋慈着急得很,在序言中告诫他们要警惕仵作欺伪、吏胥奸巧的情况。

5

随着司法进步,明清时期,朝廷也意识到仵作在司法勘验中的重要性,仵作这才逐渐得到官方认可。

《大明会典》中把仵作认定为一种专门检验尸体的衙役,但他们依旧没有白纸黑字的身份。直到清朝雍正当政时期,刑部下奏后,仵作终于成为在编人员。

《清会典·刑部》规定,一个县设仵作一至三名,每年可得三四两银子的"工食银",此外还应增募一两名见习者,见习者可得相当于仵作一半的"工食银"。不过,仵作依旧被明文规定为"贱役",去职后三代以外的子孙才能参加科举考试。

当仵作成为"公务员",自然有了更严格的专业要求和管理办法。

清朝,各级官府招募额设仵作和见习仵作,均需登录在册。自雍正六年(1728年)起,还会对仵作进行专业知识培训,每个人将得到一本《洗冤集录》,由谙熟检验的刑部官员为他们详细讲解其中的内容。

档案记载,乾隆三年(1738年),有一个仵作十天都没来报到学习,被"师傅"向上禀报,衙门随即进行了相关处理:"送尔学习,推诿不去,一味懒惰,妄觊厚食,速遵前往肄业,佚尔习之日,计尔自县起身之期……"

学习以后,还要进行考核。乾隆二十八年(1763年),西安按察使秦勇均上奏汇报陕西的经验做法:州、县平时要监督促使仵作认真学习《洗冤集录》，让他们尽量达到通晓的水平，并且每年要提考一次。考试内容为随机抽取《洗冤集录》中的一节让仵作进行讲解，根据其回答给予奖励和处罚。

在朝廷的关照下，仵作的职业素养有了明显提升。

道光二十年（1840年），广东乐昌县发生一起活埋案。

弟弟与长兄为财谋害二哥，并活埋两位年幼的侄子进行灭口。如何得知是活埋？关键证据在仵作何发的检验报告中。

打伤下去活埋时，口鼻不尽拥塞，故顶心骨不浮出红色，亦不同用力挣命，血往上奔，故牙根骨有血荫；埋经三月余，起尸洗验，是以周身骨节耸脱，无血荫，委系受伤后活埋身死。

尽管仵作在官僚体系里地位低下，但专业仵作判断冤案的水平确实值得称赞。

在清代的司法勘验中，规定要提交尸格和尸图、骨骼和骨图、通详文书和仵作甘结这几种鉴定文书。前几种由办案官员书写，而甘结则由仵作书写，从仵作的角度陈述检验详情。

经比对，仵作甘结常与官员所写的通详（反映命案现场勘察情况的文书，类似现代的司法鉴定书）内容重复。

这种重复并非多此一举，而是为了让仵作文书能与判案官吏填写的图格、文书有相互印证的作用，以此互相监督，减少冤假错案的发生。

只是没有受过系统教育的仵作，专业水平良莠不齐在所难免。杨乃武和小白菜冤案里的仵作沈祥就害人不浅。

随着西方文化的输入和科学技术的进步，仵作这种职业验尸人还是走到了他们的末路。

宣统年间，官府决定改仵作为检验吏并给予出身，建立"检验学习所"培养法医人才。

当时，清廷已然意识到仵作与法医的区别：

> 检验之法，外国责之法医，中国付之仵作。法医系专门学科，必由学堂毕业，于一切生理、解剖诸术确然经验有得。始能给予文凭。故业此者自待不轻，即人亦无敢贱视。而仵作则源其党私相传掌，率皆椎鲁无学……

但仵作并没有成功跨过这个坎成为现代法医。

直到民国时期，中国现代法医学鼻祖林几提出"改良法医"后，中国现代法医学才逐渐形成。

鬼的简史
妖魔鬼怪里的中国

大周如意元年（692年）农历七月，鬼节期间。

这一年是武则天废唐立周，自立为皇帝的第三个年头。大力崇佛的武则天在洛阳城南举行了大型的盂兰盆会。

1

对于武则天举办的这次施舍、超度众鬼、亡魂的活动，作为"初唐四杰"之一的诗人杨炯曾经作了一首《盂兰盆赋》描述这场法会："陈法供，饰盂兰，壮神功之妙物，何造化之多端！"对法会的盛况称赞备至。

但武则天为什么要举办大型法会来超度众鬼和亡魂呢？

实际上，杀人无数、心狠手辣的武则天也是礼佛最盛之人。

为了夺权、上位，武则天不惜亲手掐死了自己刚出生的女儿，以陷害唐高宗的王皇后；为了能当上皇帝，她甚至下令毒杀自己的亲生儿子李弘，并逼迫自己的另一个亲生儿子李贤自杀；针对整个李唐家族和宗室旧臣，她更是屡兴酷狱、大肆杀戮。

杀人太多，武则天经常做噩梦。留意历史的人可以发现，武则天在唐高宗时代的中后期喜欢住在洛阳，而不是长安，她代唐立周也是定都洛阳，这里面也潜藏着一个一代女皇与"鬼"有关的噩梦。

《资治通鉴》记载，唐高宗永徽六年（655年），当时唐高宗偶然去探望被废的王皇后和被囚禁的萧淑妃时，唐高宗动了恻隐之心，想解救二人。

武则天听说后大怒，马上命人将王皇后和萧淑妃各自重杖一百，并且将两人的双手、双脚全部斩断，各自泡在酒瓮中，武则天的原话是："令二妪骨醉！"

王皇后、萧淑妃在酒瓮中各自痛苦挣扎了几日，先后死去。武则天仍觉得不解气，又叫人将她们的头全部斩断。

临死前，萧淑妃诅咒说："阿武妖猾，竟然如此对待我们。希望死后，我化身为猫，武则天化身为鼠，让我生生世世都掐住她的脖子。"（阿武妖猾，乃至于此！愿他生我为猫，阿武为鼠，生生扼其喉。）

王皇后、萧淑妃死后，武则天下令，宫中不许养猫，又将王皇后改为蟒氏、萧淑妃则改为枭氏。

但此后，武则天经常梦见王皇后和萧淑妃化身厉鬼，在梦里披头散发、浑身滴血地向她索命。因为经常做这个噩梦，武则天就从长安城的太极宫搬到了蓬莱宫（大明宫），结果还是经常做这个噩梦。最终无奈，她搬迁到了洛阳居住，此后"终生不归长安"。

2

武则天死后，她的孙子唐玄宗李隆基也做了一个奇怪的梦。

唐代进士卢肇在《唐逸史》中记载了这样一件事：开元年间（713—741年），唐玄宗在病中梦见一个小鬼偷走了他的玉笛和杨贵妃的绣香囊。唐玄宗大怒，正要呼叫武士驱鬼，突然一个蓬发虬髯、面目恐怖的大鬼冲了进来，直接就抓住这个小鬼，一口就把小鬼吞了下去。

唐玄宗在梦里被吓得半死，便问大鬼是谁。那大鬼却向唐玄宗施了一礼，说自己是终南山的钟馗，唐高祖李渊武德年间，他赴长安参加科举考试落榜，失意之下撞石而死，后来李渊赐给了他一袭绿袍陪葬，他心存感激，便发誓要为大唐除尽妖孽。

唐玄宗醒来后，发现自己的病竟然好了，于是下令吴道子按其梦中所见，画了一幅钟馗图，并将这幅图画镂板印刷，颁行天下，让世人传颂钟馗的神威。

与唐代史官和《资治通鉴》对武则天讲述梦境的详细记载相比，卢肇在《唐逸史》中所记载的唐玄宗的这个梦真实性有待考量，但这个从唐朝便开始流传的故事却披露了一段残酷的史实。

这个史实就是，在唐代及以后，大量跟传说中的钟馗一样的科举落榜士子在落榜、走投无路后纷纷自杀。

有学者曾经做过统计，中国从隋唐开科取士到清末1905年废除科举止，一千三百多年间，共录取十余万名进士，相当于平均每年录取八十个人都不到；从录取人数来说，在唐代，每次进士科录取一二十人。而做梦的唐玄宗执政时，科举录取人数稍多，一年也才录取二十七个人左右。

在此情况下，落榜士子们自杀的现象非常普遍。到北宋宋仁宗时，当听说很多落榜士子穷困潦倒、自尽身亡后，宋仁宗动了恻隐之心，便宣布对进入殿试的士子全部录取。但即便如此，每科的录取人数也就七十人左右。

3

岳飞死后二十年，南宋绍兴三十二年（1162年）农历七月，鬼节。

刚刚从宋高宗手中接过帝位的宋孝宗做了一个决定：为岳飞平反昭雪，并追复岳飞原官职，赦还被流放的岳家家属。

做这件事的时候，宋孝宗征得了太上皇宋高宗的默许，可是要知道，二十年前，即绍兴十二年（1142年），正是宋高宗亲自下令杀死了岳飞。

历史的诡异之处就在这里，在亲自下令杀死岳飞二十年后的那个鬼月，宋高宗赵构竟然又默许了对岳飞的平反昭雪。

七月鬼节在南宋时已经非常盛行。

南宋人周密就在《武林旧事》中记载了当时的南宋首都临安城在七月十五的民俗活动:"七月十五日,道家谓之中元节,各有斋醮等会,僧寺则于此日作盂兰盆会斋,而人家亦以此日祀先(祖)。"

在岳飞被冤杀后的二十年间,南宋朝野纷纷追思岳飞,面对当时宋高宗执政、秦桧专权的局面,民间无力纠正,便只能寄托神鬼来缅怀岳飞。这从清朝时根据前朝流传的故事编辑的《通俗编》中就可看出当时民间的情绪。

《通俗编》中记载,秦桧指使杀掉岳飞后,有一次他到临安的灵隐寺祈祷,却被一个行人出言讥讽,于是秦桧令他的手下何立跟踪这个行人。

何立一路跟随去到了一座宫殿,看到里面有一个僧人在判决案件,于是便问旁人这和尚在做什么。

没想到旁边的人回答他说:"这是地藏王菩萨在判决秦桧杀死岳飞的案件。"

随后,何立看到秦桧被枷锁囚禁,蓬头垢面,大声呼叫说:"传语夫人(秦桧老婆王氏),东窗事发矣!"

这显然是一个有点荒诞不经的神鬼传说,然而当时在南宋朝野上下,类似的故事早已传遍开来。在现实中无法解决的问题,便通过神鬼传说反映汹涌的民意。

就在宋高宗禅位前一年,1161年,金主完颜亮率领六十万大军南下攻宋,此时手下已无大将可用的宋高宗才想起岳飞、韩世忠等忠臣良将来。

宋军一路溃败,幸亏采石一战金军受挫,加上完颜亮因内乱被杀、金军自行溃退，南宋才幸运地躲过了又一场灭国危机。

此时，岳飞已死去近二十年，朝野上下议论纷纷，说假如岳将军在，也不致使金兵如此猖狂，而各类讽刺秦桧、怀念岳飞的神鬼传说也越来越多，民心所向之下，宋高宗也有所耳闻。

因此，当宋孝宗在即位第二个月就提出为岳飞昭雪平反时，宋高宗终于点了头。

正史没有记载，默许了这场平反的宋高宗，当时心里作何感想。只能说，在下令杀死岳飞二十年后的1162年的大宋鬼月，或许宋高宗赵构心里，也感受到了某种神奇的宿命和业障吧。

在默许为岳飞平反二十五年后，南宋淳熙十四年（1187年），宋高宗赵构以八十岁的高龄在临安去世。八十岁也是中国历代皇帝中少有的长命高寿。

佛教常说，要积德行善，放下屠刀、立地成佛。而在这样一个鬼节里，或许那些历史事件也将给予我们不一样的心灵启示。

性骚扰简史
漫长的斗争

以前,很多人对性骚扰这件事羞于启齿,最后往往不了了之。如今,越来越多的人懂得拿起法律武器保护自己,这是件好事。在古代,性骚扰同样存在,而且,是大事。

1

晚清外交家薛福成(1838—1894年)曾经将自己从同治四年(1865年)至光绪十七年(1891年)的所见所闻写成了《庸盦笔记》,里面记载了有关性骚扰的两件事。

一个男子在路边尿尿，刚好一个女子路过，不料这男子不仅不回避，还一边尿，一边淫笑。女子被吓到了，号啕大哭。她回家后，竟然上吊了。

按照大清律令，凡是调戏妇女、企图诱奸，以致妇女自杀的，要判处"绞监候"。于是，男子被捕，案子被送到了刑部。

在当时，大多数官员认为该男子虽然可恶，但并没有进行手足勾引和语言调戏，因此只是拟了个"缓决"。

但是，刑部有个官员却坚持认为，这厮"调戏虽无言语，勾引甚于手足"，于是拟为"情实"。

最终，这个在今天看来或许只是一个性骚扰案例的男子被判处了死刑。

在薛福成的记录中，晚清时期，还有一个更离奇的案例。

有一个私塾先生，上课时尿急，于是便到户外一个偏僻的地方小解，无意中一抬头，竟然发现对面有一个少女在窗边眺望。

这位先生不禁对着少女笑了一笑，那女孩子马上脸色大变，随即关上了窗。

貌似没事了。

没过多久，外面就吵嚷开了，说是对面有个少女上吊身亡了。这私塾先生一听，吓了一跳，说了声："哎呀，今天错了。"

刚好他的学生中有一个学生就是这位少女的弟弟。该学生跑回家一看，见姐姐莫名其妙上吊自杀了，便将老师的怪异言语说了出来。

少女的父母听说后，觉得很是可疑，便立马报官，于是乎，私塾先生被抓。

最终，同样是以"绞监候"的罪名，私塾先生被拟为"情实"杀死。

2

听起来，上面两个男人被判刑过重了。但是了解古往今来有关性骚扰的案例后，你就会明白，在清代由于这种事被杀有着偶然之外的必然。

性骚扰自古就有，汉代的乐府民歌《陌上桑》中实际上记载的就是一个"使君"，想要调戏、骚扰女子罗敷的故事。

> 使君从南来，五马立踟蹰。
> 使君遣吏往，问是谁家姝？
> 秦氏有好女，自名为罗敷。
> 罗敷年几何？
> 二十尚不足，十五颇有余。
> 使君谢罗敷：宁可共载不？
> ……

这使君本来好色轻薄，没想到被罗敷一通奚落，自讨了个没趣，只得悻悻而去。但《陌上桑》的流传反映了汉代达官贵人对民间女子的调戏、性骚扰并不罕见。

如果说这个使君还算识趣，那么，唐朝开国皇帝李渊的儿子，洪州（今南昌）刺史、滕王李元婴，可就不仅仅是性骚扰，而是公然的诱奸乃至逼奸了。

根据唐人张鷟所撰《朝野佥载》的记载，李元婴好色，经常以王妃的名义召唤属下官员的妻子进入王府加以奸污。

李元婴手下有个典签官，名叫崔简，他的妻子郑氏刚到洪州，就被李元婴差人以王妃的名义召唤入府。郑氏已听说滕王的手段，但无奈只能前往。

果然，一到王府，李元婴就开始动手动脚。

哪知道这郑氏也是个厉害角色，脱下一只鞋子便将李元婴一顿暴打，用手抓得李元婴满脸是血，还大声嚷嚷说："滕王哪会干这事，你这家伙一定是猖狂的家奴！"

打架声音太激烈，王妃闻声而来，郑氏才得以离开王府。

李元婴吃了这番亏，又不好对外说，于是有十多天不敢出门视事。

倒是郑氏的丈夫崔简被吓得半死，要去向李元婴请罪。李元婴实在不好说什么，外头这事又传得沸沸扬扬，只得作罢了。

3

总体而言，在唐代以前，性骚扰基本属于无法可治的状态。但到了元代，相应法律终于上马了。

东汉《陌上桑》中使君的行为放在元代可是犯了性骚扰或猥亵部

属罪,这是官吏独有的罪名。元律明确规定,"诸职官因谑部民妻,致其夫弃妻者,杖六十七,罢职,降二等杂职叙"。

元仁宗延祐五年(1318年),武进县(今江苏常州武进区)一个蒙古官员就因为"将部民妻阿五扯摔戏谑,决六十七,罢现役,降二等杂职内叙用"。

由于调戏手下人的妻子,这名蒙古官员不仅被重杖殴打六十七棍,而且被罢免现役官职,降职二等,只在"杂职"内叙用。可以说,这是古代反性骚扰难得的进步。

而像唐朝李元婴的行为,如果放在元代,也犯了一种罪——求奸罪。

求奸罪也是针对官吏的独有罪名。元律规定,如果官员用言语、动作等挑逗求奸,即使未成,也构成犯罪,"诸职官求奸未成者,笞五十七,解见任,杂职叙"。

《元典章》记载,"元仁宗延祐元年(1314年),江西瑞昌县达鲁花赤屯屯求娶民妾,对方不从,乃'扯定求奸',被拒。事情发生后,达鲁花赤屯屯被判决'甚失牧民之体',遭重殴五十七杖,并免官罢职"。

元代针对性骚扰的重罪法制在明代也得到了继承。

明朝初年,天下甫定,朱元璋用酷刑来安定社会。明代《大诰》规定,如果在公共场所骚扰女子,手脚不检点的,将被断手斩脚。

当时南京城中就有一个案例,一个公子哥儿当众调戏民间妇女,被报官后,有司判处罚款了事。不料朱元璋大怒,直接判定将这个浪子斩断双手,以儆效尤。

4

当然，乱世之中，性骚扰往往难以得到惩处。

民国时期，工厂中的许多女性包身工，经常受到性骚扰乃至性侵害。

美国学者艾米莉·洪尼格在关于民国上海棉纱厂女工的研究中，就发现女工经常被骚扰乃至强奸。

一位被访问的纱厂女工说，工头曾经多次强奸她。而这种事情在民国时期的上海纱厂中非常普遍，有些女工由于拒绝工头的性骚扰和性要求而经常遭受打骂。如果女工屈从工头的要求，就可以得到好活、轻活；如果不从，就会得到重活、脏活，还会丢掉工作。

女性被性骚扰乃至性侵害本来应该引起公众的同情，但实际上，一旦事情暴露，反而对女性更加不利。

美国汉学家贺萧就曾在针对1900年至1949年天津女工的研究中发现，女工经常遭受性骚扰和性侵犯。

这种骚扰和侵害不仅来自工头，而且在上下班的路上，同厂的男工也经常骚扰她们。此外，如果女工在工作中犯错、偷窃，乃至请病假，也时常被工头要挟进行性侵犯。

因此，民国时期的上海、天津一带的女工普遍存在嫁人难的问题。即使结了婚，也常常被婆家人看不起，当时民间就有俗语说："好男不当兵，好女不做工。"

民国的动荡结束后，针对性骚扰的重典又重新出现。

1979年，中华人民共和国首部《刑法》中专门设立了流氓罪："聚众斗殴，寻衅滋事，侮辱妇女或者进行其他流氓活动，破坏公共秩序，情节恶劣的，处七年以下有期徒刑、拘役或者管制。流氓集团的首要分子，处七年以上有期徒刑。"

1997年，《刑法》修订，将原来的"流氓罪"取消，分解成了强制猥亵侮辱妇女罪、猥亵儿童罪、聚众淫乱罪、聚众斗殴罪、寻衅滋事罪等罪。

抵制性骚扰，任重道远。

选美简史
从工具到病态

公元前485年，卧薪尝胆的越王勾践终于想出了打败吴国的策略。

在正史中，这个方法是人口生育战略。而在传说中，这个方法便是美人计。

民间传言，勾践派遣相面的人在越国大范围筛选美女，于是找到了诸暨县（今浙江省诸暨市）南五里的苎萝山下，浣纱溪西岸这里。

那是一个春光明媚的艳阳天，碧涛波光中，一道照水剪影宛若天仙下凡，叫水中的鱼儿都忘了游动，渐沉溪底。

后人称她为"西施"，"西施衣褐而天下称美"，大诗人李白也曾写诗《咏苎萝山》讲过她的故事。

> 西施越溪女，出自苎萝山。
> 秀色掩今古，荷花羞玉颜。
> 浣纱弄碧水，自与清波闲。
> 皓齿信难开，沉吟碧云间。
> 勾践徵绝艳，扬蛾入吴关。
> 提携馆娃宫，杳渺讵可攀。
> 一破夫差国，千秋竟不还。

勾践选择了西施和另一个美女郑旦，派相国范蠡带着她们到吴国进献吴王。

从此，两名纯朴美丽的姑娘变成了越王施行美人计的工具，成为越、吴两国政治和军事斗争的"武器"。

这大概也是中国历史上第一次"选美"。于是西施成了中国古代四大美女之一。

1

"美"字最早见于殷代的甲骨文，东汉时《说文》中释义："美，甘也，从羊从大。"

《诗经·卫风·硕人》中有一段话，直到今天仍常常用来赞美漂亮的女性：

> 手如柔荑，肤如凝脂，领如蝤蛴，齿如瓠犀，螓首蛾眉，巧笑倩

兮,美目盼兮。

诗里的女主角是卫国第十二代君主卫庄公的夫人庄姜。

她身材高挑,穿着朴素,皮肤洁白细腻,面貌端庄,方额弯眉,微微一笑就露出两个小酒窝,眼睛明亮而黑白分明,给人一种庄重、高贵、朴素的美感。

这类美女的特征逐渐演变成为中原地区女性形体美的标准。端庄淑女之美,后来甚至成为汉至唐历代皇帝遴选后妃的正统审美标准。

两汉时期,皇室对选妃对象的相貌要求就是:"姿色端丽,合法相者。"

汉惠帝刘盈的皇后张嫣就充分展示了这种端庄之美,她不仅是一个约一米七的大高个儿,还拥有一双天足大脚。

有一次,两个宫女正在为张皇后洗脚,汉惠帝坐下来看了看她的脚,笑着说:"阿嫣年少而足长,几与朕足相等矣。"

汉惠帝自然不是要嘲笑张嫣的大脚,相反,接着他向身边宫女夸赞皇后的脚"圆白而娇润",谁也比不上。这画面要是放在南宋以后的缠足时代,是难以想象的。

这种端庄颀硕之美,是汉代宫廷乃至所有封建王朝宫廷选美的正统和主流。

然而,一些风流帝王往往喜欢将那些纤柔艳丽的歌舞伎人纳为后妃,深加宠爱。于是,纤柔之美也慢慢成为宫廷选美的重要倾向。

汉高祖刘邦最宠爱的戚夫人就是一位"善为翘袖折腰之舞,歌《出塞》《入塞》《望归》之曲"的美妇。

汉武帝刘彻的皇后卫子夫,也是因为善于歌舞又长得美艳,所以被武帝看中。

汉武帝在出巡时，路过平阳公主家，酒席上对献艺的歌女卫子夫一见倾心，便在轩车中"幸之"，后来纳入宫，将她一路升为皇后。

除了卫子夫，汉武帝的李夫人也是一个歌舞者。她哥哥李延年是一位宫廷乐师，有一天，李延年给汉武帝唱了一首《佳人歌》：

北方有佳人，绝世而独立。
一顾倾人城，再顾倾人国。
宁不知倾城与倾国？佳人难再得。

汉武帝听后，好奇心大增，世间哪有这样的佳人呢？于是他就召见了这位"妙丽善舞"、纤柔俏丽的佳人——李延年的妹妹，自此宠幸有加。

西汉成帝的皇后赵飞燕、昭仪赵合德姐妹俩更是以体态纤细轻盈、美丽善舞而著称，她们出身都是歌舞艺人，按照汉代选后妃的标准，都属于非良家女子，本没有入选资格。

不过，这种纤柔之美在宋代以前并没有成为女性美的审美主流。

从北宋开始，一种以纤柔瘦弱、慵懒娇羞为美的女性美审美情趣逐渐流行开来，连带着女子缠足之风也在士大夫的鼓吹之下日渐风靡。

到了明清时期，弱不禁风的小脚女人成了女性美的审美标准，女性形体美已然走向畸形化和病态化。

2

在权力关系之下，男性也像女性一样，会被当成"选美"对象。

虽然传统社会构建了男尊女卑的大框架，女性从总体上失去了人体审美主体的地位以及选择丈夫的自由。但作为个体的人，她们仍然有审视男性的权利，一些有权势的女性或特殊女性也可以自由选择丈夫。

比如，公主选驸马就是古代选美的变种——男性成为被审视和选择的对象。

汉高祖刘邦的女儿鲁元公主就可以在刘邦为她召集的三十个年少貌美的男子中挑选心仪者，"召年少貌美者三十人，入内廷听选"。

其中有一个美男子是西汉开国功臣张耳的儿子张敖，"年方二十一，神清如冰玉，状貌雅丽，仪度翩翩"。连刘邦见了，都连声惊叹："美哉！古之子都、徐公不能过也。"

于是，这位美貌过人又富有才华的张敖公子，凭借颜值和实力成为鲁元公主的驸马。

一些敢于冲破礼教束缚的女性也可以凭自己的审美眼光选择丈夫。

西汉蜀郡"冶铁大王"的女儿卓文君因为司马相如雍容闲雅的风度和美丽帅气的容貌，而选择其作为自己的夫婿。

社会上对男性美的品评最有特色的，可能要数魏晋南北朝时期的人物品藻。

魏晋时期的很多士族豪富之家都非常讲究仪容、举止，追求所谓的名士风度。

南朝人刘义庆写了一本书，名叫《世说新语》，专门讲魏晋南北朝时期名士的八卦轶事，里面就记录了各种"美容止"的男性。

那时的士族大家格外注重仪容修饰，喜欢抹粉熏香，有的男性甚至出入要侍从搀扶着才能走路，摆出一副弱柳扶风的样子。

追求仪容举止女性化，在一定程度上反映出当时男性士族阶层的审美情趣。

竹林七贤中"风姿特秀"的一位——嵇康，人们看见他，就不由得感叹眼前人是"肃肃如松下风，高而徐引"。他的朋友山涛评价他，即使是喝醉了酒卧倒在地，也依旧美极了，"傀俄若玉山之将崩"。

而当时的美男子潘岳（即潘安）更是"妙有姿容，好神情"，手上拿着弹弓，一副放荡不羁的少年模样走在洛阳道上，受到了广大妇女群众的热烈围观和疯狂撒花。

类似的奇闻异事还可参见当时另一个美男子卫玠的经历。可见，当时的女性也有追求男性美的权利。

如果一位男性姿容俊秀，风度翩翩，他就会受到整个社会的赏识和尊重，甚至因此升官发财，走向人生巅峰。

一个美女的命运则全然不同，她们往往成为帝王、权贵、士族大家争夺和玩弄的对象。即便受到一时宠爱，风头无两，也往往逃不过悲剧命运，最终落入色衰爱弛的结局。

不仅如此，越是出名的美女，越要为时代的堕落背锅。不管是君王的昏聩，还是王朝的覆灭，都要从美女身上找罪责，还要斥之为"红颜祸水"。

3

古代良家妇女讲究大门不出，二门不迈，不可随意抛头露面。但有一群女子却热衷选美，通过选美提升自身的知名度，以便招揽顾客。她们就是青楼女子。

类似的活动不叫选美，而是有着一个更为含蓄的叫法——品花。这是因为每个参加的妓女都会被匹配成一种花。

唐朝时，很多诗人墨客常常和名妓歌女相往来。诗人们赠诗给名妓，赞扬她们的美色和诗才，品评她们的才艺品德。

晚唐诗人杜牧在江南做官时就常年流连于烟花柳地，结识了很多歌妓舞女。在他即将离开江南回长安赴任时，给一位他曾沉迷的红颜知己留下了《赠别》二首。

娉娉袅袅十三余，豆蔻梢头二月初。
春风十里扬州路，卷上珠帘总不如。

到了宋代，词人们专门用艳词来品评妓女的美貌与才艺，在品评中产生了有等次之分的"评花榜"。

他们推选出来的头名称作"花魁"，以此类推有"花吟""花芙""花颜""花女"等。妓女们"一经品题，身价十倍，其不得列于榜首者，辄引以为憾"。

明清时期，由女子缠足又引出了"赛脚会""晒足会""莲足会"等比赛小脚的活动。

这种小脚比赛出现于明朝正德年间，又以山西和直隶两地最盛。

在"小脚甲天下"的山西大同,赛脚会最是盛行,几乎每次庙会都会举行。其中,以农历六月初六和八月中秋节两次最为盛大隆重。

每逢庙会时,妇女们就会穿上节日盛装和极为考究的绣鞋罗袜,对自己的一双小脚精心修饰。

她们在庙会上三五成群,或一起买胭脂水粉,或一道看时兴布料,或你看看我的脚,我看看你的脚,互相品评彼此的小脚和绣鞋。

如今看来,山西太原的赛脚会简直有些魔幻:每逢赛脚之时,参赛女性或围坐于空场,或坐于车中,仅将双脚伸出车外,任游人品评,互相比赛。当然,她们都穿着精心准备的鞋袜而非裸足。

男人们经过一番"评脚论足"后,就会依次定出状元、榜眼、探花。那些名列前茅的女性会因此远近闻名。而那些待字闺中的女子也会因为一个好名次而使自己身价倍增,非常容易物色一个好人家。

可以说,明清时期,女子道德美、形体美的标准已走入畸形的死胡同。

物极必反,时代大变革正在一潭死水中发酵酝酿。

清道光时期,龚自珍提倡妇女天足,认为天足的女子很美,从女性美的观念上否定了缠足:"娶妻幸得阴山种,玉颜大脚其仙乎?"

他笔下的天足妇女玉颜大脚,行走如仙,风度翩翩,充满了自然健康的蓬勃朝气。

此后,到了民国时期,天足女子终于成为婚嫁的首选。

追星简史
人类偶像崇拜发展史

永嘉六年（312年），西晋王朝覆灭前夕，天下第一美男子卫玠死了。

当时，中原战乱渐起，天下百姓疲于奔命，卫玠也一样。

他出身门阀大族，少年成名，容貌昳丽，被两晋的玄学界誉为继何晏、王弼之后的"正始之音"。

为了门户大计，卫玠被迫加入南下避祸的队伍，衣冠南渡。

然而，一同南下的当世名流多数得以苟全性命于乱世，少数也可闻达于诸侯，唯独卫玠一去寿终。

传说卫玠的悲剧始于一场围观。

早早听闻卫玠将要从豫章郡到建康（今江苏南京）定居，那些对他芳心暗许的姑娘几乎倾巢而出，在卫玠行进的路上围了里三层外三层的"人墙",只为一睹他的容貌。

遭遇粉丝围攻的卫玠却无福消受这般疯狂的追捧。他自小体弱多病,这么一折腾,居然被吓得一病不起,最终撒手人寰。

从此,"看杀卫玠"成了古人追星疯狂程度的一个缩影。

1

除了"看杀卫玠",同时期的"掷果潘郎"在追星史上同样出名。

作为西晋文坛首屈一指的领袖人物,潘安的颜值不亚于卫玠,位列中国古代"四大美男"之中。

他每次驾车上街时,总能收到城中上至八十岁、下至十八岁的异性投掷而来的水果鲜花。而意欲与潘安亲密接触,再求个开花结果姻缘者更是不在少数。

潘安为此特别苦恼。

不过常言道,甲之砒霜,乙之蜜糖。当时为洛阳造纸业带去福音的《三都赋》的作者左思,就特别希望能得到如潘安一般的好人缘。

于是,文笔与颜值成反比的左思专门驾车学潘安在城中一游,却成功吓跑了一众围观的女子,并遭到众人的唾弃,收到了一车番茄和鸡蛋。

尽管追星始于颜值,但对于更为高端的"死忠粉",颜值根本不值一提。

同时期的翘楚、被誉为中国山水诗鼻祖的谢灵运,追捧自己的偶像则只论才华。

谢灵运曾毫不讳言："天下才有一石，曹子建独占八斗，我得一斗，天下共分一斗。"

曹子建即曹植。谢灵运此言多少有些自我吹捧的意思，但不得不说，在他眼里，即便把全天下踩在脚底，曹植依旧是"神"一般的存在。

只可惜谢灵运极力吹捧的偶像曹植，生前虽有尊崇的身份，却终身郁郁不得志，纵然写出了寄情人神之恋的《洛神赋》，表达了自己想要远离庙堂之心，却也无法逃过皇兄的猜忌之心，被迫慨叹"本自同根生，相煎何太急"。

相比偶像曹植的嗟叹人生，谢灵运大半辈子过得还是较为自在的。他出生天下名门陈郡谢氏，父祖一辈中的谢安、谢玄、谢石等都是对东晋王朝有再造之功的"大佬"。虽然传到谢灵运手上时，家道中落，但凭借家族的余威，进入官场也是轻而易举的事。

可对于做官，谢灵运显然没有明确的认知。

地方任职期间，他多次放下公务去游山玩水。为了方便旅行登山，他充分利用自己的聪明才智和雄厚的家底搞起了研发，成功研制出一款可前后拆卸木齿的登山鞋——"谢公屐"。结果，在一众粉丝的追捧下，"谢公屐"立马成为登山运动界的时尚爆款。

追寻着"谢公屐"的足迹，宋文帝刘义隆正式登场。

作为谢灵运的"粉丝后援会会长"，宋文帝的崇拜是三百六十度的。知道谢灵运在山间隐居，修建始宁墅，撰写《山居赋》，宋文帝赶紧派人将书赋找来，亲自抄写诵读，协助偶像将巨作整理传抄，流传天下。

担心做得不够的宋文帝还特地对外宣布，谢灵运所写的文字、诗作皆为"国宝"，凡人得之需多加珍惜。为了让偶像的作品永世流传，宋文帝甚至特地邀请谢灵运来编修国史。

谢灵运对自己的偶像光环颇为自得。面对宋文帝的盛情邀约，谢灵运磨蹭了许久，才递上一份撰写提纲，随即又开启无限期"罢工"模式。

正因为宋文帝对偶像的无限纵容，谢灵运才得以继续"搞事情"。在人迹罕至之地，他带着人披荆斩棘，砍伐森林，让人误以为他要占山为王。

眼看谢灵运作死的节奏一刻不停，作为"骨灰级粉丝"的宋文帝对他的庇护已经心有余而力不足。最终，在谢灵运多次逾矩后，宋文帝只能含泪送其上路了。

元嘉十年（433年），一代山水诗人谢灵运在广州获罪被杀，终年四十九岁。

2

时间流转，到了唐代。

随着国力日盛，大唐的百姓们在追星的路上有了新的风潮。

这就不得不提追星跑断腿的魏颢了。

巧的是，魏颢所追的巨星李白，正是一位对谢灵运的人生轨迹进行自我投射的唐朝诗人。

在李白的诗中，不时地有"蓬莱文章建安骨，中间小谢又清发""脚著谢公屐,身登青云梯"等句子,以此来表达自己对谢灵运的膜拜。而魏颢有没有自比宋文帝,就不得而知了。

初遇李白之前,魏颢只是王屋山下的一名小道士,顶着一个普通的名字——魏万。

谁说追星必须有钱?追星追的是一颗心。

最初,魏万作为李白的拥趸,也希望自己有朝一日能与偶像相遇。可李白一生除了短暂地滞留长安"历抵卿相",其他绝大部分时间皆游历天下,行踪不定。想要一睹偶像"芳容",并非易事。

因此,魏万在王屋山只要一听说李白的行迹,便动身探寻。

当李白举家南奔之际,魏万的行迹也自西向东踏遍了李白曾经去过的地方。在交通并不发达的古代,魏万追了李白数千里路。最终,在广陵(今江苏扬州)城下,魏万得偿所愿,见到了李白父子。

面对这个一路狂追自己的年轻人,李白不仅没有表现出倨傲之态,还为魏万创作了一首名为《送王屋山人魏万还王屋》的长诗激励他。

最终,得到鼓励的魏万一举考中了进士。

文学史上跟李白齐名的杜甫,在现实生活中却是李白的一个小粉丝。两人相差十一岁。

杜甫流传下来的作品中,与李白有关的诗多达十五首。这些诗的题目都很直白,如《春日忆李白》《冬日有怀李白》《梦李白二首》等。

而李白也曾回赠:"飞蓬各自远,且尽手中杯。"(《鲁郡东石门送杜二甫》)

作为全唐地位媲美李白的"诗圣",杜甫本人也是高质量粉丝的

"收割机"。

在杜甫身后一众的粉丝中,《节妇吟·寄东平李司空师道》的作者张籍肯定是最特别的。张籍是韩愈的得意门生,但他更崇拜死去的杜甫。

据说,为了能够感受到偶像的力量,张籍坚持每天将库存的杜甫诗篇烧成灰,然后扒灰拌蜂蜜,早上一起床就往嘴里送三大勺。有遇见的朋友对此提出质疑,张籍特地给出一套"吃啥补啥"的解释,声称吃了杜甫的诗,以后所作的诗便可如杜甫一般。

后来张籍居然真的在诗坛中混出了名声,因擅写"乐府诗"而与诗人王建齐名,并称"张王乐府"。

追星路上没有最疯狂,只有更疯狂。

就在张籍大口吃纸灰的时候,荆州有个名叫葛清的年轻人为偶像献出了自己的身体。

葛清是大诗人白居易的铁粉。他用刺青技术将白居易的诗作刻在自己身上,自脖子以下,全身刺满了偶像的诗。

白居易专属的"葛清牌"人型诗作储存器由此问世。

3

看着自己的学生大口吃纸灰,想必韩愈得知后也会哭笑不得。虽然无法令座下弟子对自己生起追光的崇拜之心,但他作为"唐宋八大家"之首也不是徒有虚名。

出生中晚唐的韩愈,在跨越了一个时代后,也收获了另一位文坛

"超级大佬"的崇拜,此人正是宋朝"顶流"——苏轼。

身为北宋文化和餐饮的跨界领袖,苏轼的光环无人能出其右。但对于韩愈,他将其高举过顶。

在专门给偶像题写的《潮州韩文公庙碑》中,苏轼称韩愈是"文起八代之衰"。韩愈一出场,前面自东汉到隋朝数百年萎靡不振的文风得以改变。

苏轼还身体力行地效仿韩愈——吃补药。

白居易曾在《思旧》中总结唐代名人的养生之道,其中"退之服硫黄,一病讫不痊"指的正是韩愈服硫黄过多,致养生不成反伤身的故事。

话说回来,苏轼本身就是天王级的偶像,他身边常年围绕着一群"能为他做不可能的事"的崇拜者。

当他一边提笔写诗词,一边大快朵颐留食评时,东坡肉、东坡鱼、东坡豆腐等东坡同款美食瞬间成了街头当季爆款。这名美食研发与带货达人想必要时常迎接坊间商家的千恩万谢。

除了带货,"苏天王"的"帅"还不慎引发了一场离婚诉讼案件。

当时,苏轼的粉丝群体中有一个名叫章元弼的人,此人饱读诗书,但相貌丑陋,妻子陈氏却如花似玉。

章元弼太喜欢苏轼了,每天抱着苏轼的作品集睡觉。终于,引起了妻子陈氏的不满,对章元弼发出灵魂拷问:"你到底爱不爱我?"章元弼却回答说:"吾爱吾妻,但吾更爱苏轼。"

最终,章元弼与妻子对簿公堂,并通过法律手段离了婚。章元弼对此还颇为自得,逢人就说他这婚是为偶像苏轼而离的。

追星的文化在苏轼之后延续了千年。只是，许多人在追星过程中却像章元弼一样迷失了方向。

最初的追星源于偶像身上的优秀品质对粉丝所具有的正面激励作用，值得去模仿、追随和超越，直至找到人生的意义。

谢灵运追曹植，追成了山水诗鼻祖；李白追谢灵运，追成了诗仙；杜甫追李白，追成了诗圣；张籍追杜甫，追成了乐府诗高手……

正如那句话，偶像是一道光，我们应该追着光奔跑。

图书在版编目（CIP）数据

中国古代趣闻录/艾公子著.—武汉：长江出版社，2024.6
ISBN 978-7-5492-9453-4

I.①中…Ⅱ.①艾…Ⅲ.①故事-作品集-中国-当代Ⅳ.①I247.81

中国国家版本馆CIP数据核字（2024）第103096号

中国古代趣闻录／艾公子 著
ZHONGGUO GUDAI QUWENLU

出　　版	长江出版社
	（武汉市解放大道 1863 号）
选题策划	北京记忆坊文化
市场发行	长江出版社发行部
网　　址	http://www.cjpress.cn
责任编辑	钟一丹
特约策划	王云婷
装帧设计	小贾设计
内文排版	默　言
印　　刷	北京中科印刷有限公司
版　　次	2024 年 6 月第 1 版
印　　次	2024 年 6 月第 1 次印刷
开　　本	880mm×1230mm　1/32
印　　张	9.5
字　　数	210 千字
书　　号	ISBN 978-7-5492-9453-4
定　　价	65.00 元

版权所有，翻版必究。如有质量问题，请联系本社退换。
电话：027-82926557（总编室）　027-82926806（市场营销部）